《登鹳雀楼》唐·王之涣　　潘政祥书

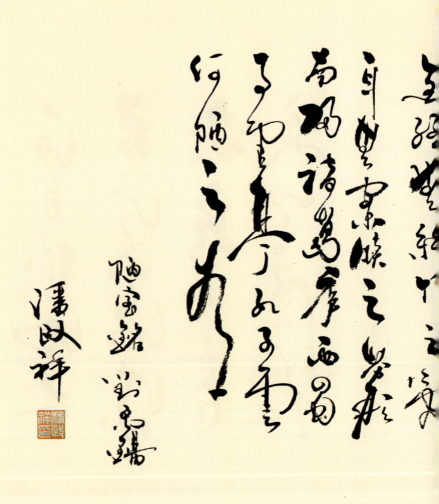

何陋之有
子曰君子居之
南陽諸葛廬西蜀
斯是陋室
...政祥

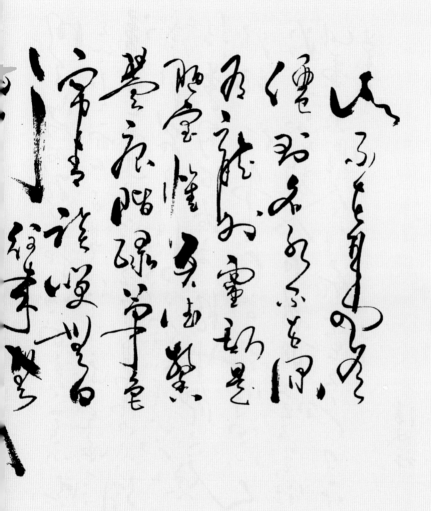

《陋室铭》唐·刘禹锡　　潘政祥书

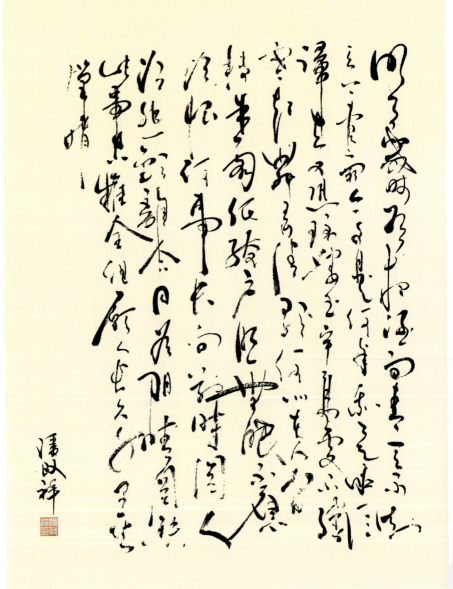

《水调歌头·明月几时有》宋·苏轼　　潘政祥书

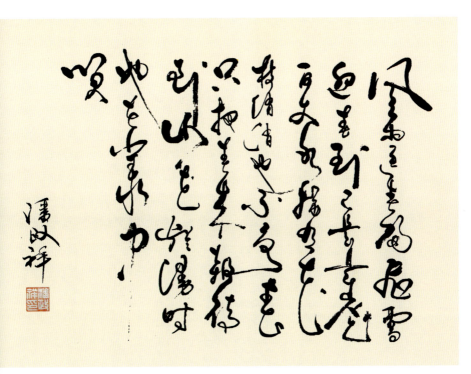

《卜算子·咏梅》毛泽东　　潘政祥书

此時相望不相聞，願逐月華流照君。鴻
雁長飛光不度，魚龍潛躍水成文。昨夜閑潭
夢落花，可憐春半不還家。江水流春去欲盡，江
潭落月復西斜。斜月沉沉藏海霧，碣石瀟
湘無限路，不知乘月幾人歸，落月搖情滿江樹。

春江花月夜　壬寅，駝月九

春江潮水连海平，海上明月共潮生。
滟滟随波千万里，何处春江无月明！
江流宛转绕芳甸，月照花林皆似霰。
空里流霜不觉飞，汀上白沙看不见。
江天一色无纤尘，皎皎空中孤月轮。
江畔何人初见月？江月何年初照人？
人生代代无穷已，江月年年望相似。
不知江月待何人，但见长江送流水。
白云一片去悠悠，

《春江花月夜》唐·张若虚　　潘政祥书

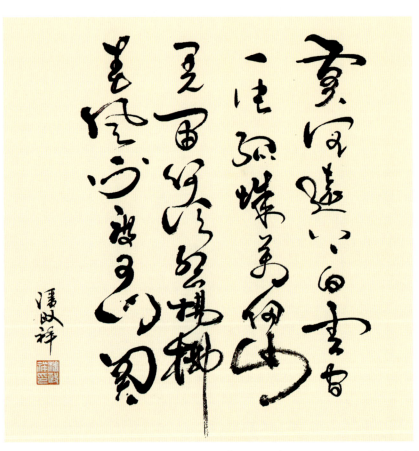

《凉州词》唐·王之涣　　潘政祥书

潘政祥——著

阳光如海

潘政祥诗歌精选集

天津出版传媒集团

天津人民出版社

图书在版编目（CIP）数据

阳光如海：潘政祥诗歌精选集 / 潘政祥著. -- 天
津：天津人民出版社，2023.9
ISBN 978-7-201-19812-5

Ⅰ.①阳… Ⅱ.①潘… Ⅲ.①诗集－中国－当代
Ⅳ.①I227

中国国家版本馆CIP数据核字(2023)第184852号

阳光如海：潘政祥诗歌精选集
YANGGUANG RU HAI：PANZHENGXIANG SHIGE JINGXUAN JI

出　　版	天津人民出版社	
出 版 人	刘　庆	
地　　址	天津市和平区西康路35号康岳大厦	
邮政编码	300051	
邮购电话	(022)23332469	
电子信箱	reader@tjrmcbs.com	

责任编辑	章　赪	
封面设计	明翊书业	

印　　刷	三河市国新印装有限公司	
经　　销	新华书店	
开　　本	880毫米×1230毫米　1/32	
印　　张	9.5	
字　　数	186千字	
版次印次	2023年9月第1版　2023年9月第1次印刷	
定　　价	78.00元	

分行是日常诗绪的抒写

不少行家认为，诗人和"写诗的人"是有天壤之别的。秘鲁诺奖作家马里奥·巴尔加斯·略萨认为，献身文学的抱负和求取功名是完全不同的。当然，从小爱好文艺的潘政祥没有把文学看得这样神圣和沉重。他说自己介于诗人和写诗的人之间。潘政祥在海岛当过兵，转业后一直生活在海岛；凝望无边无际的海浪拍打礁石，内心轰响诗歌的旋律。

抒写短诗是提炼生活和淬火语言的好试卷。写作诗歌三十多年的潘政祥喜欢写短诗，坦言他的短诗只写日常灵感和心绪。他从来没有放松意象挖掘和诗艺锤炼的努力，在貌似随意写作中精心构思隽永内涵。诗人在《与己书》中写道：

把镜子还给眼睛

把眼睛还给太阳

记得在春天千万别走到月亮后面

也不可以有伤心

即使幸福得忍不住要哭

也要哭出鸟的声音

记住这闪亮的日子吧

记住光明

诗人分行跳跃翻转娴熟，现代诗意象、通感、象征、荒诞等手法融会贯通，老文青的感悟和表达自然有其独具一格的风格。

在诗集《阳光如海》中，几首写雪的短诗给人深刻印象。雪是诗意盎然的精灵，在风的助力下画面更加灵动多姿。下场雪，世界会给人焕然一新的感觉，仿佛人生什么都可以在洁白如纸的雪地重新开始。细读《希望有雪可以来安慰》意味无穷：

别碰我的眼泪

别碰我的午夜

我的午夜有爱情

像眼泪一样一碰就碎

在这囤积风的夜晚

只是希望天再黑一些

甚至梦再无聊一些

但愿我醒来

大地上堆积的何止是雪

还应该有辽阔

　　短诗写上路，对写好任何文体都有益处。潘政祥爱好广泛，就文学而论，诗歌、小说、散文、编剧样样涉及，已出版各种文集十余部。他已经出版好几部诗集了，是否可以精心筹划阶段性或方向性主题写作？比如精选短诗提炼得更加隽永犀利。走出大山、居住海边这么多年了，拓展、挖掘一批海洋性诗歌应该得心应手；纷纷飞扬的雪花抚爱岛屿和海浪，意境多么辽阔。我们期待着。

　　　　　　　　　　　　　鄢子和

　　　　　　　　　浙江省武义县作协主席

　　　　　　　　　　　　2023年9月17日

目录

CONTENTS

目录

03

05

080 － 这是个值得信赖的夜

081 － 意外就是意料之外

081 － 六月，我有话要说

082 － 大不同

083 － 我真不好意思再做梦了

083 － 今天的心情有点复杂

084 － 把石子当日子的日子

084 － 关系

085 － 我最怕的事

086 － 理想的生活

087 － 缺乏意象的傍晚

088 － 爱情的囚徒

088 － 雨过天晴说的是气象

089 － 我本不善良

090 － 如果有一天我一定要像落日

090 － 写到这儿，我还不知道用什么标点

091 － 把孤独留下来

092 － 我发誓今晚我没喝酒

093 － 恰到好处的孤独

093 － 爱

094 － 错过

095 － 赞美

095 － 端午岂能无诗

096 － 被内心抛弃的身体

阳光如海

18

与己书

把镜子还给眼睛

把眼睛还给太阳

记得在春天千万别走到月亮后面

也不可以有伤心

即使幸福得忍不住要哭

也要哭出鸟的声音

记住这闪亮的日子吧

记住光明

过客

你在远处凝望

春天近在我的眼帘

在犹豫不定的时候

我还是为你

留一巷宁静

一窗喧哗

一湖爱情

山的倾斜

是献媚于太阳

我欠一欠身

是因为春风来临

笑过、哭过都是春

春天有什么好的

春天有什么不好的

在阳光如树叶落下的林间

地下心思纵横

可我只对自己的春天负责

只对春天里的自己负责

我想不明白的是

这个春天这么可爱

自己怎么没了一点点的恨

这个春天这么可恨

自己怎么没了一点点的爱

花可以漫山遍野地开

阳光可以向我示好、抛来媚眼

我的今生怎么也改变不了

春天，我会只爱她一次

仅仅一次

把内心留给值得的人

当你遇见花

我不知道该爱花

还是该爱你

当你遇见水

风不知道该吹水

还是该吹你

没有如果

爱情是一个没有如果的漂流瓶

爱情是一袭黑衣加一个漆黑的夜晚

爱情是停电时的红绿灯和一条拥挤的人行道

爱情是笼中鸟面对广阔天空

爱情是你和我不在一个经纬一起恨着、痛着

春夜喜雨

雨滴如棒槌

它知道我的脑袋不是木鱼

就去敲种子

夜归的人

并不是布施的人

只敲亮一窗属于自己的灯光

春天，总有能说服自己的理由

欢愉散尽

雾霭却依然浓重

一切似乎是开始

又似乎是结束

鸟的翠鸣

像是雪在告别

而告别的人在试图说服自己

等着等着马儿就长大了

尝试着找到一个被合理化的解释

一个文静的小女孩

坐在刚发芽的柳树下

瘦削的月亮

爬上透明的玻璃窗

对岸的一个身影
越来越模糊或越来越清晰

我这样拿着春天到处招摇
是不是很愚蠢

这适合爱情

前面的车开得很慢
像是在故意等着我
可我多么希望它
能快一点再快一点
让我享受追的快感

太阳照啊

泥土站起来
成为墙
我站起来

成为叫男人的人

太阳毫不偏心
照着男人
也照着墙

我不记得这个春天和谁有约

没有什么好说的
也没有什么难以启齿的
人是去年的人
水是今年的水
这里不说花
也不说蝶飞蜂舞
树因绝望不再安静
我的双腿矫健
双臂却酸软

而拥抱还在牵挂着
那个星星诞生
被月亮打扰过多次的夜晚

感谢梅花，让我知道已经是二月了

今天，枝头梅花绽放

花瓣落在草上

花瓣落在水里

花瓣落在路人的发际

脚步声很嘈杂

像有许多鱼在游

而我像一个老道的垂钓者

能准确分辨哪是你的

我穿着厚厚的衣服

任由花瓣

将自己一点一点埋葬

如果你懂得，请在我流泪的时候背对我

如果要让我背靠大山

如果一定要让我背靠大山

那就让我把人间所有的水收集起来

在没人注意的时候

把它当泪流了

那时所有的声音都是清洗干净的

你一定要背对我

在某一瞬间，我犹豫过

从窗口投出来的光

使我心生感激，旧情难忘

河水尘封秘事，一言不发

住在我心里的

还是被写成诗的人

炫耀过的爱情、落叶、白雪和故乡

还有隐喻的食粮

那就让梦继续做吧

既然有幸福、有苦难

既然再找不出相信自己的理由

那么就让梦继续做吧

既然风月无边、春意荡漾

我说的是最后的最后

最后的山林

一定是翠绿的

最后的湖水

一定是火红的

最后的爱情

一定像雪一样洁白

就像最初的你我

而提着灯笼的人

一定会泪流满面

一定要从月亮下来

当我遇见寂寞，幸好是春天

当铁遇见火
当我遇见寂寞

当干枯的手
重新长出可以预测未来的掌纹
纵横交错中
火花四溅
每双眼里
都住着一个美好的人间

希望有雪可以来安慰

别碰我的眼泪
别碰我的午夜
我的午夜有爱情
像眼泪一样一碰就碎
在这囤积风的夜晚

只是希望天再黑一些

甚至梦再无聊一些

但愿我醒来

大地上堆积的何止是雪

还应该有辽阔

制造一些理由等雪花

亲爱的

你还有什么可以复述的

星星，你见过

月亮，你也见过

在这该狂欢的季节

拆开密诏

你是我的皇

别企望雪与雪能在地上邂逅

相拥取暖

亲爱的

你还有什么可以聆听的

远方水的吟哦

近处鸟的翠鸣

请留下一些听觉的缝隙

听听我的呼唤

你依然是我的皇

借一树雾凇在风中叮当作响

把失散多年的声音

密密缝补

有些花开是不需要理由的

有一些花开却是需要

你有充足的耐心

和丰盈的理由

如雪花

我有什么用

阳光有什么用

我不可能给每把伞

找到一个适合孤独的雨天

也不能给每个孤独

都找到一个在屋檐下

用双脚拨弄着时间的人

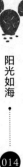

那么冬天有什么用

富裕的爱情架在火上

整个过程却空无一人

那么我有什么用

也许只能右手扶着一堵墙

左手招呼一阵风

我的领地

在满月与粮仓之间

是我的领地

鲜花、小草和鸟儿

甚至小兽都可以

自由进出

我只是每天晚上

都需要

翻晒我的太阳

思想累的时候

我就坐一下

没有蚂蚁

甚至没有一片落叶

我就坐一下

静静的

如蚂蚁

如落叶

如自己

不只为迷茫活着

有数变得无数

有限变得无限

我为刚出生的婴儿

备足奶水、书和锄头

在一片云变成石头之前

我先安放好羽毛

阳光如海

归来去兮

仅适合刺骨的寒风

我偶尔动容

有时可解

有时无解

今天的风很实在

我可以假装什么都不在乎

只要静静地看着

披着薄纱从云朵下来沐浴的人

逃过一劫之后在屋顶打坐的鸟

刚被浇灭热情的石头

本来是毫不相干的事物

可今天的风的确太实在

不禁让我觉得它们之间

肯定与我都有些关联

冬天、墙根与我

起身离去

在冬天的小巷

或者是胡同

狭隘的我，狭窄的天空

冬天无非是一堆篝火

无非是多了些白色的剑气

梦幻里有找不到的大海

或者根本就不想找到大海的水

我如一根秒针

不再为午后一截旧木头的腐朽而伤感

只是与孤独打个照面

重新开始练习亲吻

而时间如尘

纷纷扬扬地落下

不需要与火嘘寒问暖

能瞅准合理的位置

不必解释

归宿便是完美的

左右为难

当黑色从四面八方围拢

蒙住眼睛的时候

我刚从水里

把太阳与自己捞出来

北方的雪

坐在南方的一页纸上打盹

那些留下的大码脚印

是慌张的、无助的

一些声音

从山坡上传来

也有些声音

从我的身体里发出

我收集头发上与衣服上的水

让它顺着两条河

一条流向白天

一条流向夜

当爱清零，我还是希望这个冬天不太冷

水的说辞是苍白的

特别是冬天有太阳的日子

风的衰老或者成长

和我一点关系都没有

退到彼岸的秋天

忘记将我身上的伤痛带走

可我还是用文字造一个塔

写下点燃的一支蜡烛

希望这个来历不明的冬天

把雪地里你的脚印照亮

其实是在梦里

遇见爱情

我用三岁时的笑对你

你遇见我时

有人说

桃花怎么在冬天就开了

并且比春天还要艳

我想告诉自己的

只身去草原

只身去谈一次恋爱

还有什么可怕的

草原在梦里见过

恋爱在梦里的梦里谈过

草原很大

爱情也很浩瀚

可我有利剑一样的眼睛

也有微尘一样的倔犟

不管好诗、坏诗，都是我的主子或者奴隶

我在诗里活着

我也在诗里死去

我在诗里健康

我也在诗里抱恙

我在诗里称王

我也在诗里为寇

我收养着好的、坏的诗的全部

诗也收养着爱的、不爱的我的所有

诗啊

我

呵呵

我是一个容易感动的人

所有涂着月光的门

都会令我感动

你还好吗？抛弃我的人

可只要你敢给我一口水

我就敢想象明天的天空

失去火种的蜡烛啊

你应该很幸福

我的眼里充满悲悯

我悲悯而简单的眼啊

为什么偏偏看不见绚丽的花朵

当歌声响起

看见有人一闪而过

周围都是风

风里都是光

该冬眠了

我微闭潮湿的双眼

天空红光满面，精神矍铄

初冬的风没有归属

细数着落叶

街头无人

转角处

阳光被打折

一个老者

从宽大的袖笼中

抽出皱巴巴的夜色

和本该死于秋天

却顽强活下来的声音

月亮从胸口浮现

照亮所有的钥匙和纽扣

生活的本质

你看着我

我也看着你

时间刚好被罚完

荷枯

菊残

如无雪

如有雪

都不要埋怨

越来越短的拐杖

至于我

我有不在的理由

却没在的借口

既然高举着手如枯枝

那我还有什么可以怕的呢

未来的雪一定还是很软

山的对面是更高的山

而群山之中

不必再说伤痕累累

试着只说铺天盖地的阳光

懒得一笑

到处是花

到处是风

到处是活

到处是死

难得有一堵墙啊

咧开嘴笑一笑

爱情太沉重了

爱上春天的你

也一样会爱上秋天

酒是醉了的水

很多东西是无法修复的

比如不再用的路

比如某段时间的情感

比如酒

而我就喜欢

那为了便于管理

而被灌入瓶里的水

仿佛一切

都没有从前

我笑的由来

白天消失

花朵开在酒杯里

月亮被挤压得很薄很薄

我没什么可以述说的

就着初冬的风

微微一笑

是的

仅仅微微一笑

十一月该有一首诗

风从噩梦中醒来

见再无树叶可吹

就调头去吹山谷

吹石头

吹大海

吹我深藏起来的记忆和白发

点到为止

恋爱那点事

谁都懂

可就不知道孤独

是如何落地生根的

偌大的沙滩

除了沙

还是沙

风使劲地吹着

一只海螺

在岩礁的缝隙中

等待更大的风

我被月亮拎到半空的日子

有多少秋天伤害过我

并不重要

重要的是

我总是把月亮紧紧搂在怀里

以什么方式见你

也不重要

重要的是我的口袋装满石头

而双手空着

因为流水是偷来的

松林是借来的

爱情是想象出来的

弄堂和风是梦来的

我有时会把月亮高高举起

就像自己被月亮拎得很高很高

越来越白的我

不需要呼救

因为呼救不是我的作风

即使再小，也可以圆满

来过的

走了

记起来的

又忘了

我一边尝试着高歌

一边又尝试着沉默

一边尝试去爱

一边又尝试去恨

仿佛落入俗套的雪

只能应邀到达

最后就仅剩一滴水

但即使把一半给你

即使再把一半的一半给你

我依然热情饱满

虽然苍白的表白略显尴尬

致失去的记忆

拿走就拿走吧

还给我就不再借了

河岸有什么用

站台有什么用

空气被拧干

时间被粉碎

阳光被拐走

我做不到登高再去看你

这一地恣肆泛滥的黄花啊

这因为心过于易碎

而被贬入人间的白啊

我不再为谁而不活

夜漫无目的地黑着

我像一滴再也没有追求的水

道路空寂

曾经有过的不多的爱空幻

此时，鹰是唯一流动的

像云

像黑色的云

它飞过来

不假思索地向我飞过来

我看见它尖尖的坚硬的嘴

沾有我的鲜血

如果今年的冬天没有一场像样的雪

（一）

用爱的方式结束爱

（二）

不与任何人比爱谁深、谁浅

（三）

和一朵快要枯萎的、背对你的花说爱，值得吗

（四）

放下阳光很累，那试着放下自己

没有你的秋风是远远不够的

我已身无长物

面对深渊没有梯子

面对大海没有翅膀

可天空依旧妖娆

虽然越清洗越有缺陷

好比我无所谓的眼睛

读到自己的缺憾与张皇

天空可以金黄

空气可以金黄

流水可以金黄

声音可以金黄

甚至你也可以金黄

但我并没有意思要谢绝太阳

没有你的秋风是远远不够的

而没有秋风的你

夜晚必定是不够深

窗外必定是空空荡荡

一夜我写不出一个字

树叶落尽

天空了

路上不见行人

心空了

纸似雪

何故惹尘埃

月亮是天空的一大错误

阳光再满

诗意再密不透风

但我还是能在天空

找到一两个新的漏洞

一杯水甚至一湖水

除了制造饥饿

我想不到还能有什么可用

在月亮缺席的夜

幸好我早已准备了铁

可以缝补天空

不说值不值

看过山又看过水回来

我看见了你

并走近你

想亲亲你的额头

想亲亲你的嘴唇

也想看看你眼里的山山水水

那时，你是酣睡的

那时，你是失眠的

那时，有一千匹马在你心里奔驰

那时，你的周围没有花开叶落

那时，我看见你孤独的眼里

一半是早晨的天空

另一半是黄昏的土地

祝你一路顺风

向西十里

是西风

向北十里

是北风

在这被风灌得醉醺醺的秋天

不是谁都能独善其身的

铺满落叶和太阳碎片的土地

有人走才算是路

至于桃花坞里的那些事

明天再说也不迟

不就是一个梦吗

不就是一句和一个影子说的

一路顺风吗

手

双手合十时

掌心住着苦难

住着山，住着海

摊开双手时

掌心什么都没有

只有阳光依旧

暖暖地照着

我确信的，不会有错

在旋转门

遇见你

我确信我俩见过

也许是在梦里

也许是在前世

我俩一句话也没说

但是从你的眼神里发现

你一定已经把我彻底忘记

我把手藏在身后

因为它曾握过玫瑰

结束与开始

干了这杯后

把天空重新罗列

日月星辰归你

盛大和荒凉归我

037

秋风里，我说的话瞬间变冷

流水的声音

低于一片被蹂躏过的落叶

菊花开得并不是恰到好处

在贴近墙根的青石板上

太阳如猫一样蹲着

猫如一朵失意的菊花

菊花上有月亮的心情

而此时，我正在纷纷扬扬的秋风里

痛斥树底下

自己光怪陆离的影子

我是多么担心啊

习惯于看风中的石子

被仓皇淹埋

习惯在被仓皇淹埋前顺手捂住陈年的伤痛

闪闪如星辰的爱情

如在半空中的烟火

拼尽最后的力气

而我的胸膛紧贴着土地

一个离自己仅三千里的距离

我是多么担心啊

担心自己

突然不再相信天空

仍然是一个月明星稀的晚上

请记住某一时刻

碎花布一样的小路

风从大海刮来

声音从几间茅屋里如水一样泼出来

原来可爱的东西可以很可爱

但想不到会可爱到极致

我收藏起一半失落

将另一半失落

用一片落叶

两把黄土

埋在离大海不远的地方

和海水一起安静

和山一起摇晃

许多故事很陈旧

甚至已窗破门败

经常有细雨斜风来此避难

也有蝴蝶蜻蜓来此观光

仍然是一个月明星稀的晚上

窗是新的

门是新的

所有的对白也是新的

那时，海很远

我也很远

树很小

小到还没有几片叶子

可以为秋天好好地鼓掌

我偏爱的黄昏

一年中我只喜爱秋天

一天中我只喜爱黄昏

因为我还是相信

太阳一定还会升起

而那时什么都无法确定

我的影子有不长不短的心情

晒满黄昏的屋顶

总能读懂一小部分

归鸟骑着不知是谁赠予的落叶

梯子的腰杆子笔挺

溪水奢侈

不在乎我掬一把用来供奉月亮和自己

我还可以爬上屋顶

把没消耗的日子消耗殆尽

然后，朝着无限的浩大

纵身一跳

像一颗长满白色羽毛的流星

无题

放出手心里的马匹

日子像浮云掠过苍凉的树梢

这时适合屏住呼吸相互凝眸

日与月

我与你

风翻墙而出

这是一片开满油菜花的土地

无题（二）

雪很白

白得一无是处

等待着墨的纸很白

比雪还白

在这里

蜘蛛与麻雀的饥饿

都顺理成章

我喜欢这种任性

可以让我抽出天地间

所有的声音

一只乌鸦

不管怎样仓皇地调头

都可以用洗白的嗓子

问一问路的去向

以及丢失的半个脚印

爱情的第二春

我已只能在别人的爱情里找到安慰

又在别人的安慰里

找到曾经的踌躇满志

水与火的沉默

是因为你和我在别人的嘴里

像第二春似的崩溃

我十指尖尖

依然找不到风的缝隙

却解开一个个死结

你说的那句

爱错一个人与走错一段路是一样的

其实正是我想说的

遇见九月的第一个落日

太阳落山的时候

像一个急性子的粗汉

我急忙拖过一片破旧的白云

遮盖好眼睛

让自己只听到

四下流水的声音

也许说的就是你

月光很美

映在墙上的树叶更美

没有灯光的窗口很美

临窗而立的你更美

你的美

醉倒人了啊

让月光梳过你松开的长发时

你真的很美很美

秋风知我

天空似有鸟鸣

所有的人都放下手中的生活

抬头望着天空

可天空除了太阳什么也没有

只是所有的人都觉得自己长出了翅膀

在天空飞翔

秋风有时也不知我

我要离开

或者很久或许不久

等我赚够能买一块足够大的毛巾的钱

我就会回来

继续和你谈情说爱

阳光如海

八月
人们都有不安分的心
我也是
你不来
风也不来
阳光如海
我的思念如阳光

人生偶遇

我把海拨到一边
然后，悄悄退到路旁
给不属于自己的爱情
让出一条
宽绰而又闪亮的路

二〇二二

（一）

天空纯粹吗？看天空的人可不纯粹

（二）

风从那边吹到这边，你却说风从这边吹到了那边

（三）

抱着木头游到对岸，我确定水是我的救命恩人

（四）

动情的人与动心的人是一样的，又是不一样的

存在与不存在

那些我俩看过的白云，已不存在
那些我俩相互赠送的秋天，已不存在
那些为我俩而白的雪，已不存在

我俩，我俩在彼此心间的日子，已不存在

存在的是彼此的名字，还紧紧地攥在手心，怕一松

手，就能重新喊出来

零担货物

（一）

一场风暴，遗忘在窗外

（二）

遗忘一个人，最后不得不动用眼睛

（三）

我实在劝不动一块石头的流浪之心

（四）

上苍赋予爱的权利，我怎么能剥夺

（五）

离开大海的鱼，是死亡，也是重生

看过夏天

看过夏天以后

我需要好好睡一觉

然后腾出手

把自己用秋水清洗一番

落叶一定会来

正好缝制衣裳

残荷一定还在

正好听雨

你也一定会来

正好好好地爱

心情

我不想表达悲伤的情绪

我躺在水里

努力让水不再心潮澎湃

天空是弯曲的

有铁的柔软

有云的坚硬

不像此时的我

而像前一秒的我

或者像后一秒的我

有些事，不破不立

（一）

我真不知道

是谁给盗火者自信

（二）

悲伤的日子如石头一样年迈

快乐的日子如骏马一样年轻

（三）

依赖和背叛

都是爱情

这个秋天的第一首诗

既然来了
又何必急着离去
让本该是捕鱼的网
捕捉钟表的时针
让阳光收起渐渐倾斜的影子

来都来了
又何必急着离去
昨晚的梦
只是故事的开始
那里阳光温煦、风景秀丽

既然来了
又何必急着离去
今晚应该有雨
那就让我再次拥抱行将离去的孤独
彼此倾诉思念
像倾听窗外的雨在淅淅沥沥

我要拥抱你

我要亲吻你

我要将这个秋天的第一片落叶

当成我爱你的信物

虔诚地送给你

这个秋天的第二首诗

这明明是秋天了

可怎么看就怎么不像

我们不是缺乏交流

会心的笑都在身后收藏

吻过你的唇

如无用的木板两头微微上扬

这个秋天的风总缺斤短两

情话

总被蝉鸣打断

然而，落叶流水

依然保持久别重逢的心情

让我不得不爱

不得不喜欢

一如我爱的女孩早早离场

我的爱还会纷纷扬扬

今天的诗

我不会轻易不爱你

就像我不会轻易爱上你

我喜欢白天的白

就像我不会讨厌夜的黑

我不能选择

也无法选择

水往低处流去

流得很欢快

偶得

（一）

蝉鸣在头顶荡秋千

我悄然退出树林

（二）

孤独

是一杯舍不得与人分享的美酒

（三）

我踩住的是你的影

你攥着的是我的心

偶得（二）

我没有计算过

是先刮风还是先下雨

当我准备出门时

已经分不清是风挟着雨还是雨挟着风

月亮和星星不知被刮到什么地方

湿湿的光是路灯的

我想此时所有的鸟都张开翅膀

墙头草也是

只有我准备被风吹得片甲不留

想到这儿

我便悄悄放下雨伞

偶得（三）

太阳退出江湖

我还一度以为风暴要来临

被诗人清空的天空

既适合独舞，也适合矫情

染了灯火味的云动了凡心

驯兽师再也无兽可驯

如我告别你

有些告别是无法避免的

如月亮告别渐渐亮起来的天空

如叶子告别十月的枝头

如我告别你

有些告别是可以避免的

如水告别河床

如痛告别伤口

如我告别你

秋的样子

路上偶遇三片落叶

毫无生气

甚至有些落寞

我不知道

是去年的还是前年的

我也不知道

今年的秋天

是不是也是去年或前年的样子

悄悄地，就入秋了

悄悄地，就入秋了

悄悄地，我就爱上谁了

在荒废已久的码头

风悄悄解开绳的情结

所有的树叶

把阳光晃得像昨晚手中的半杯酒

如果在他乡遇上八月

我会在今晚

告诉你

我的归期既近还远

057

两个人

我抽完一支烟

你喝完一杯酒

我们相视一笑

或许一切都可以结束

或许一切都可以重新来过

自我安慰

我不会去怪罪

太阳与月亮的多情

明晃晃的水里

有我的骄傲与卑微

恰如我将不得不接受的秋天

以及在秋天里的喜与悲

相似度

所有的云
都是被人类放生的

被取走的何止是血液
还有时间与爱

而云的痛苦有谁会知道
就像我的痛你也不会知道

我从八月的黄昏走过

蝉鸣声，溅了我一身

我真心想对你说

让我死去

把幸福都留给你

让我活着

把悲伤都留给我

翌日

想必你已经知道了

我把脸埋进一朵花里

吃掉一个春天加半个夏天

想必你已经知道了

四目相对如刚熟的葡萄

今天太阳是一只红色的鸟

赶来庆祝我的失恋

而再过一天

鸟会变成白色的新月

荷花说

（一）

来人间一趟，值得

（二）

舞台这么大，观众这么多，我可千万不能怯场呀

一句话能说清什么

（一）

所有的离别都要合情合理

（二）

我用孤独去爱你

（三）

好的、坏的都叫结局

（四）

趁石子还没解冻，我要抓紧修好鞭子

我不和谁说再见

没有闭上的眼睛是真实的

海鸟有飞进去的

也有飞出来的

被垫高的海面

一门心思地制造浪花

甲板上堆满的阳光

像沙石一样坚硬且细腻

目的地很快就到了

下一个目的地也有了着落

最值得庆幸的是

我邂逅了蓝色的风

并与一杯酒达成了共识

八月，我伸手可及

缝补好黄昏

刚走出门

天就黑了

所有的情绪

是院子一角的骄傲

我不声不响地走过去

我不假思索地走过去

八月是一杯酒的裂痕

我注定要被另一个多余的黄昏

吻得红到脖子根

向上的生活

这窗外明媚的阳光

是我的

这无聊到想恋爱的心

是我的

这树底下跳动的阴影

是我的

这蚂蚁飘忽的脚步

是我的

这冰冷的铁轨与铁轨想去的远方

是我的

一切都是我的

像繁华的星空

这么美，这么好

这么痛苦，这么欢愉

这么幽暗，这么明亮

这玻璃上唯一游动的生命

是我的

这玻璃上孤寂的沙漠

是我的

这一丛丛顽强生长的绿色

将来也是我的

我不想说黑夜

在黑夜里，我是不存在的

这个样子多么美好

但我会存在于你的黄昏

当暮鼓惊飞我们忌讳的话题

这落入眼帘的经籍

这体内剥落甚至断裂的声音

也是我的

难过的理由

（一）

如果你不撑着伞来接我，雨一定会难过

（二）

忘记一个人可以，如果能有这么块橡皮把天空的
云，擦干净

（三）

幸福的时光就是，我有玫瑰，你的手刚好空着

（四）

拴好马，藏好弓，饮一杯酒吗

拾零

（一）

你偷走了我的黄昏

却忽略了我

（二）

敲着世间的每一块石头

你都会得到回应

拾零（二）

（一）

在梦里

我怎么还演着自己

（二）

在你我的交界

是一条没有桨的木船

（三）

昨晚的那首情诗

不是我写的

那是月亮写好后

托我转交给太阳的

拾零（三）

（一）

我听不到鸟鸣

只听到水被桨划破的声音

（二）

落叶才是自由的

（三）

我说太阳是船

你说月亮是鞋

（四）

也许天上的人

把人间的萤火叫星星

（五）

在山顶，你可以成为鸟

在山脚，你只能是蚂蚁

拾零（四）

（一）

我在看好看的花

笑了

其实花也正在看我

笑得真好看

（二）

让我俩紧紧相拥

让寒冷无处落脚

（三）

湖水涨了

荷花与歇在荷花上的蜻蜓

一动也不动

深刻

把夜写进夜

指甲未修

深陷于

爱情

月亮和诗人，你和我

月亮简直就是诗人

我说

这说法不妥

它只是让许多人变成了诗人

阳光如海

070

又让许多诗人变成了普通人

你说

风轻，月明，星稀

（一）

你是轻，是娉婷，你是七月的弄堂风

（二）

你是顽皮，是瞬间，你是无意让人看见的星星

（三）

你是娇羞，是诗韵，你是一夜夜的新月

奈何情深缘浅

你说夜很深

我说夜很浅

在你想离开的时候

在我想走近你的时候

月亮是渐熄的篝火
星星是不死的火花

一场惊心动魄的爱情之后

并没有安静
反而一点点靠近
一点点把自己摁进你的心里
有时，像一只野兽
被你踩住尾巴
只剩下咆哮
或者连咆哮的力气都消耗殆尽
又像在黄河边
我勒住马
爱上奔腾洒脱
爱上被月亮彻底挥霍的自己

刹那的情绪

（一）

太阳如此热烈

我岂敢阴沉忧郁

（二）

七月的太阳

情人的唇

（三）

七月的风和太阳

像极到处煽风点火的惯犯

两种心情的人

船慢慢靠岸

鸟一只只归巢

许久没联系的朋友

突然莫名其妙地发信给我

说一天过得真快

天一下子就黑了

我先回了个握手的表情

又回了个微笑

我回到家，摊开稿纸

小说的开头写道

天慢慢地黑了下来

……

梦见的并不是真爱

（一）

把我的梦给你做

你敢不敢

试一试

（二）

我把星星比成萤火虫

幸好

星星并没有生气

（三）

月亮啊

我总比你晚了一步

仅仅是半步，有时

拾起来的是影子

（一）

一只鸟

在金鸡独立

那是在模仿我的孤独

（二）

在我年轻的时候

是大海

陪伴我老去

（三）

你朝我微笑

我把微笑还给你

记得那是个没有月亮的夜晚

爱着爱着就不爱了

有些风

刮着刮着

就没有了

在记忆中也找不到

有些风

刮着刮着

就成了铁

像伤疤

像刻在石碑上的文字

水也如此

只是不叫刮了

叫流了

人也如此

只是不叫刮，也不叫流

叫爱了

七月的诗

幸福竟如此简单

你想着我

我也想着你

你我努力活过七月

树和树荫也努力活过七月

一场骤雨让太阳措手不及

也让池塘慌乱不堪

洗掉脸上的胭脂后

突然觉得还是原来的模样

让人喜欢

我如星星一样闪耀

如果夜丢了

我真不知

我还能

干什么

故事

我赤裸裸地坐在水边

被水看

被天空看

被夜归的鸟瞰

风可以刮得再大一点

把我一页页翻开

太阳走了

还有月亮呢

别停下

但也不要急

一个故事一个故事地看

看完了

请把我合上

再把我刮到水里

我没有翅膀

大海应该还很远

我在等天黑

月是人间客
我是待客人

你说，你不用说

（一）
我抬头看着星空
是为了更好地呼吸

（二）
在流水的旁边
遇见你浅浅的微笑

（三）
等等我
你对流水和月光说

（四）

我一次次偷偷溜出自己的身体

又一次次被月光发现

（五）

貌似只有月光和流水

但我确定你和风都在

（六）

你还说

玫瑰可以缺席爱情

黄昏，鱼儿和我

相对于清晨

这个黄昏更加饱满

鱼儿口吐莲花

点燃篝火

我凌空一脚

把自己的笑脸踢给你

这是个值得信赖的夜

这是个值得信赖的夜

一朵莲开了

我拉开窗帘

一点点把夜推远

一点点收复丢失的阵地

直到听到

夜被远山撞碎的声音

直到夜把赏莲的你

恭恭敬敬送回我的身边

雨如此的小，如此的轻

直到帮我把眼睛

打扫得干干净净

意外就是意料之外

（一）

仅仅一盆水

是远远不够洗净的

那么一场意外的雨

就显得不意外了

（二）

要允许天空有些裂痕

要允许雪把爱消耗殆尽

要允许自己死于意外

更要允许为偷偷放飞鸟儿的鸟笼

鼓掌

六月，我有话要说

我弓着腰

让六月的太阳

煅烧自己的脊梁

我只是想告诉全世界
我的卑微
谁都配不上

大不同

高原开高原的花
平原开平原的花
玫瑰说玫瑰的爱
百合说百合的爱
太阳照着白天
月亮照着夜晚

我知道我们毫不相干
我却把你捧在手上

我真不好意思再做梦了

（一）

风有叶做的翅膀

我有云做的衣裳

（二）

如果你知道谁是我

那我将不再是我

（三）

我真不好意思再做梦了

因为喜欢来我梦里的

偏偏是不爱我的人

今天的心情有点复杂

在山顶看山下的荷花

浪费的是高度

从书里看大海

我便有了更大的勇气

把石子当日子的日子

忘不了你的

不是我

想忘掉你的

也不是我

我只是站在刚退潮的沙滩上

把星星当石子

把石子当日子

关系

（一）

早晨太阳抱着你，晚上你抱着月亮

这我从来没有怀疑

（二）

最是那一低头的温柔，是我该错过的

所谓的天机，其实就是我早已背熟的故事里的凄美

（三）

你每来一次，给我一根刺

请你给我看看你纤细的手指

我也不知道，两者有什么关系

我最怕的事

（一）

高山流水啊！你的美、你的呼吸

（二）

窗外的风啊！你流动的影子

（三）

我不敢高歌，唯恐有一句会打动你

（四）

我不敢问你的姓名，唯恐今生再也不会忘记

（五）

我不敢失去你，唯恐就此失去了自己

理想的生活

我努力活着

活成野花的样子

没有欲念

不施胭脂

不但不需要美

还可以略带忧伤

没有人喊我

也没有人为我停留

甚至也不需要

一个名字和花籍

活着，不为人知

死后，不被记起
根本不需要知道
这世上你是谁

缺乏意象的傍晚

没有桨
没有划桨的手
船上一个人也没有
可船在走
一会儿向北
一会儿向南

一只白鹭落在船帮
后来又来了两只
用轻盈的身子
摇晃着一整条江

爱情的囚徒

（一）

在花开花落间

我是爱情的囚徒

（二）

但凡人间沉默时

一定有爱路过

（三）

一生，我只爱过一次

那就是还不懂什么是爱的时候

雨过天晴说的是气象

云被拧干后

太阳就出来了

傻傻的

像一粒贬入人间的尘埃

此时的天空软软的

脚印软软的

你的任何一句话都软软的

我披头散发站在河边

像一小片被风从远方吹过来

没有花朵和蝴蝶的草原

但我必须告诉你

我的心也是软软的

我本不善良

我尽量让自己安静

我尽量模仿傍晚的一滴雨

躺在荷叶上

心怀整个天空

从远方回来

行囊装着孤寂冷漠，装着大漠明月

而我对着屋檐上的天空

不敢说一句不敬的话

所有的善良对着善良

南岸的蚂蚁对着北岸的蚂蚁

墓碑对着墓碑

无不怀揣着敬畏

如果有一天我一定要像落日

被揭露过的光

现在就在我体内

你怎么看我都是一只刺猬

可人们都喜欢我

亲近我

我捂着眼睛

只看狭窄的指缝间

有你的世界

写到这儿，我还不知道用什么标点

这场雨是没有张力的

写诗的人与写诗的雨一样

面黄肌瘦且心慌意乱

孤独如句号

苦痛如省略号

而大海在远方

用更大的孤独安慰四方

窗外不必过早地黑下来

穿着雨衣的人

是从诗里逃出来的

面无表情

仿佛是看着我

又仿佛是望着天空

把孤独留下来

（一）

捡一片月光

给落叶

有块石头

旁边刚好空着

（二）

月光下

我只认识两个影子

但始终分不清

哪个是我的，哪个是你的

（三）

诗里的字

不需要太多

只要比星星多一个

就行

我发誓今晚我没喝酒

想成为废人

请写诗

想成为有用的人

也请写诗

窗外的天空

沸沸扬扬

而只要有一个人

走在人间

便是幸福

恰到好处的孤独

翻过最后一个山坡

一场戏

刚好落幕

月亮和星星

回到后台

海边有一座旧屋

旧屋有一束光

穿过小路来迎接

没有涛声

没有风声

脚步声

是我自己带来的

爱

一生只想写一个字

写得好一点

写得堂堂正正

风，你就用劲吹吧

反正已经生了根

不会再摇摆

甚至已经开始考虑开什么花

错过

在秋天说夏天的事

似乎缺乏热情

旧城墙上的泥巴

被萤火虫读出了悲悯

如果秋风是逍遥的剑客

我一定要让他落魄

还要给他一片沙漠、一个落日

我藏水于背后

我藏孤寂于背后

我藏自己于水和孤寂的背后

而水和孤寂的背后

是一地难以收拾的萧条

赞美

赞美羊的人
腰间都别着月亮似的刀

……

省略号以后
是一件羊皮袄

我也赞美羊
可我赞美的是厨师的手艺
和羊皮袄给我的温暖

端午岂能无诗

南方多雨
抬头就能看见
南方人多情

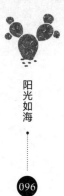

总说这雨怎么落在眼里

我是南方人

掬起故事里的故事

把脸洗净

龙舟击水

我还在为学会心灰意冷

做最后的努力

被内心抛弃的身体

一定会有许多个夜晚的月亮

是想回到以前

甚至回到三千年以前

就像现在我的喉咙里

含着很多歌

歌里的玫瑰干枯了九百九十九次

今天是第一千次复活

就像再过几个小时

有些人在等天黑

有些人仍不知悔改地在等你

就像我身体服从于内心

内心却经常抛弃身体

我想你的时候

我想你的时候

花就开了

我再想你的时候

果就熟了

可我还会继续想你

想着想着

雪就一寸寸厚了

那树上仅剩的果实

离天空最近

红红的

每次我路过

总不免看了又看

因为它像是我想掏给你的心脏

097

潘政祥诗歌精选集

阳光是爱的见证

被雨挥霍的五月

阳光是爱的见证

在南方

在南方的南方

北方的鸟叼来的云

如雪一样白

传说中的皇宫

在某个城池的一角

我终于读懂了

重新被命名的爱情

该感谢的

感谢上苍

给我创造了夜

又让夜

创造了爱

可我不再多想

月亮像犯了错的孩子

带着一帮同样犯了错的更小的孩子

我不想知道自己种的玫瑰

独自开在哪里

或者已握在谁的手里

尽管风依然唠叨个没完

我却没有想让天亮的理由

怕就怕太阳一出来

那含在鸟儿嘴里的爱

会像阳光一样汹涌澎湃

也怕像整个冬天一样早已融化

所有的美都可以一穷二白

所有的美都可以一穷二白

所有的爱和恨

都可以一丝不挂

山峦拦下夕阳

终究枉费了诗人的想象

我含着冬天的雪而来

我绕过桃花上翅膀的骚动而来

但如果院内的夏天

一定要冲垮栅栏

那么我的心必定已有所向

而噎在喉咙里的歌

也一定会撩起

灵魂的长衫

所有的美都可以死

也可以死而复生

大海不只是大海

也是抚琴人

被你拨弄过的月光

新的一天

（一）

天空仍然傲慢

我的背也仍然笔挺

（二）

拴在心中的小红马

开始学着嘶鸣

（三）

如果走得太远

爱仍然没有意义

（四）

从玻璃窗调头的阳光

照醒五月的树林

幸好一切都是白的

时间是白的

声音也是白的

明明窗外有太阳

我却仿佛坐在月亮上

文字是白的

山河也是白的

明明我刚写到爱的初始

你却读出了分离

一切都是白的

幸好一切都是白的

这无穷尽没有框架的白啊

我知道自己已杂草丛生

地上有一垄垄待割的麦子

我的思念越理越乱

可又不肯舍弃相依为命

其实留一垄空白并没有什么不好

可以随意种植

可以用希望照亮更大的希望

我知道自己已杂草丛生

要把刀子磨亮

可能会耗尽一生的月亮和太阳

我的眼

不早了

亲爱的

你应该回来了吧

外面很黑

还有些瘆人的声音

那么我的两扇门

该关上了

等到天亮

我会为你把门打开

不管门外是晴是雨

只要有你

人间就会很美丽

今天我照了一回镜子

昨晚下了场大雪

听说今晚还要下

这一场场雪啊

是不容我辩解的大海

这并不是刻意的留白

而是总有几朵雪花

落在我的头顶

再也不肯离开

不知是该诋毁还是该赞美

我白了一眼

我啐了一口

只有镜子才能

毫不留情地告诉我

有多丑陋

请记住今夜

请记住今夜

我救了自己

这个夜值得纪念的东西太多

我用过的星星

是我真正的朋友

我浏览过的云朵

是我真正的亲人

既然我们选择迷途知返

那把手递给我吧

我不要王冠

我甚至不会告诉自己剑的藏身之处

水啊！你流吧

我的身体之外

都是海

夜

马蹄声像花一样绽放

笛声比流水更令人着迷

我与这个月亮被黜免、星星被宠坏的夜

有无比相近的容颜

只差一刹那的距离

雨前雨后

天很沉重

似乎要掉了下来

在挤掉一些水分后

又轻了

升得老高

明天说来就来

今夜的风刮得紧啊

天花乱坠指的一定是星星

黄色的花容颜尽失

幸好，明天说来就来

如果没人提及天空

我的梦就不会有这么多的瑕疵

路边的草深深浅浅

我的眼睛被石头绊倒

现在，现场并不是很重要

只是有种汩汩而出的心情

把记忆瞬间冲垮

一千零一夜

说着说着

云开了

说着说着

月亮就犯困了

星星的诉说还在继续

路灯辜负了土地

而水面上

有人，有蚂蚁

还有声音的影子

缘分

其实你没必要这么早离开

下一秒你期盼的一场雨就会来

你所爱的人带着的雨伞足够大

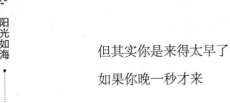

但其实你是来得太早了

如果你晚一秒才来

最简单的事情

现在，最简单的事情

就是把我给爱了

包括这没有尽头的夜

伟大的诗人啊

伟大的诗人啊

你是不是也抽烟

如果是

是什么牌子的烟

是不是很廉价

像自己写的一首爱情诗

甚至像雨中自己的外衣

玫瑰花干枯后千万别扔掉

灯光熄灭有它的理由

而想象一场雪需要大量的时间

融化却只需要从一支烟过渡到另一支烟

生活

很久很久以后

我会死去

很久很久以前

我曾死过

可今晚我关心的是

明天会不会下雨

明天会不会停电

明天会不会遇上爱

院子里的芍药花

我是知道的

明天它一定会美美地开着

今天是五月的某一日

今天是五月的某一日
所有的脚步不紧也不慢
贫血的阳光到处都有
已足够让我把爱的人
想一次，再想一次
在第三次开始想的时间
天刚好黑了

今天是五月的某一日
平庸得像一个无梦的夜
我似乎只是听不清的梦呓
又似乎是叼在别人嘴里
奄奄一息的烟

可这个世界依然顾自繁花似锦
也有能笑出声来的笑靥
隔岸的火多像是诗里的血液
每个文字相互凝眸、相互祝福

等到我的手足透明

我就会和大家依依告别

感谢

你好，你好

感谢，感谢

感觉自己在百忙之中爱上你

请让我明天更爱你

你好，你好

感谢，感谢

感谢自己一穷二白地爱上你

请让我明天更爱你

泡泡

喜欢泡泡

是不需要理由的

五光十色的肥皂泡

拿一块石头试水的深浅

如珍珠般串连起来的泡泡

很多人会停下来
看着这些精灵一个个破灭
像听到某年某月某日某人
说过的很动听的话

以草的名义

我所有的幸福与疼痛
都插上标签
虽不出售
但可以读懂
至于一些来不及遮掩的
我已与阳光和月光写了租赁合同
其实大地与天空一样完美无瑕
一闪一闪的萤火
是故意留给后人看的漏洞
我没有马，也没有灯盏
所以只能以草的名义爱着

而从围墙上探出头来的

是用旧后重新涂刷了色彩的风

写给过往的诗

败退的潮水

是我不想见到的

所有的佐证

都在日落前被毁灭

可那一朵朵白色的花

依然会开在我如荒土般的胸膛上

我的内心

是用铁锚锁住的海

在不知跪向何方的膝盖

疼痛的时候

我突然觉得自己有了诗人的灵感

在饥饿时

咀嚼着三千年前的那个月亮

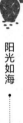

孤独

一脚把一块没用的石头

踢到河里

水清得能看到鱼的愤怒

从空空的口袋里

抽出一双空空的手

你所要的夜

天空肆意

那些遗落在云中的眼睛

是献给大地的礼物

而你所要的夜

就坐在我的大腿上酣睡

忍不住嫣然一笑的

是爱情如潮水般涌来

孤寂如潮水般涌来

那干净而闪亮的疼痛啊

是没有理由掩埋的大海

人人都沾太阳的光

我和这世界并不太熟

和太阳也仅一面之缘

但我的目光如兔子般跳跃

山河俊秀

人民安康

只要太阳能出来

每个人脸上便有了光芒

我不是个胸怀大志的人

我不是个胸怀大志的人

可我会抱着

装着自己的陶罐

在白天和黑夜不停奔跑

我可以摔倒

甚至可以喊疼

但你别想听到

某种破碎的声音

我以为

雪就是雪

落在地上

大多数会衍生爱情

花语，人间是否真爱我

我有些相信

又有些不相信

人世间

水分充盈

阳光弥漫

而关于月亮的故事

已经说的太多

还有许多梦里说的话

尚待考证

我的故事里的曾经

酒瓶是在倒叙中

才提到的道具

那时观众还不是很多

山还少了雪的颜色

酒与醉之间

还缺少涂了玫瑰色口红的嘴唇

而天空

只要你眼睛乐意

随时都会赋予滋润

论消失

一堵墙消失的时候

风不在

阳光也不在

当森林记住了鸟鸣

那时我似乎

还有爱情

五月的相思是多余的

没有一个月是多余的

五月也不多余

没有一滴雨是多余的

五月的雨也不多余

但总有一些相思是多余的

譬如五月这一次

世上所有的事仿佛都与我有关

树是二十年前的树

锯子是新的

桌子空空

凳子空空

奔袭千里的刀斧手

双手空空

为了表示我的诚意

在黑夜亮相前

我把一朵玫瑰塞给月亮

今天的心情

雨下得不小不大

我的心情不好不坏

我努力走在路的中央

不去惊扰草丛里

一些根本听不清的声音

今天谈太阳

有些可笑

窃窃私语的海水

模糊是模糊了些

但肯定有地方

足以让我放下对你的戒备之心

如果我可以说爱

第三次说爱你的时候

太阳把脸偏向一边

云的颜色已不是颜色

而是一个解不开的方程式

第四次说爱你的时候

我们彼此安好

天空都是刚痊愈的水

第五次说爱你的时候

太阳按剧情点燃石头

传说失去了神奇

只有被爱的夜才是值得怜悯的

要出发的并不是我

是一阵紧似一阵的蛙鸣

该还的我一定会还

薄薄的天空

自有薄的理由

那黑暗有什么不好

至少可以看不见自己的忧伤

我的一声咳嗽

怎么就引来这么多星星的白眼

可我哪还有那么多的歉意

去面对一盏盏鄙视我的灯

母亲节，灵感是一块石头

母亲拉了我一把

母亲又拉了我一把

洪水距她三尺远咆哮而过

母亲托了我一下

母亲又托了我一下

她一直把我托到离星星最近的地方

母亲拦在我面前

是因为前面有风暴

母亲走在我身后

是因为前面有阳光

母亲后来很丑

丑得像一块不值得打磨的石头

我在别人面前说这是我母亲

没人的时候我喊她为妈妈

村庄老了

村庄老了以后

越来越虔诚

仿佛每间房子

都住着神明

小得令人心痛

破得让人怜悯

这随意的涂鸦

我就想把它小心地卷起来

白云很白

白云很白

白得又嫩又滑

我向山上爬去

像兔子一样可爱

我是舍不得独享啊

想将一朵白云

送给她

我能说些什么呢

我能说些什么呢

爱上鞋子是因为雪

我愿意代替树枝

托举天空

白或者黑的云我都欢喜

而流水可以慢些

那拐弯的音乐我还是没有学会

还要兼顾一下蚂蚁

也不知道哪一天

能把树枝上两只麻雀惊飞

我这样多好

在喧闹的人间

避开一些诗意的骚扰

自带光辉的日子

黑暗是失恋后的疲惫

我这样多好

省略接踵而至的隐喻

永远面对着可以笑出声的泪水

绵长而谦卑的影子

可以纵情去模仿衰老

永远不再说爱你

永远不再有天黑后的别离

对雾的理解

朋友给我寄来一团雾

是深山的那种

是阳光穿不透的那种

是背井离乡的那种

是可以忍辱负重的那种

是越读越薄的那种

是越想越重的那种

朋友给我寄来一团雾

朋友是我的发小

是没有隐私的那种

是可以相互祭奠父母的那种

一生啊！呵，一生

一生最幸运的事

是永远不要遇见你

可我没那么幸运

一生最痛苦的事

是把你忘了

可我并没那么痛苦

用了一生的镜子还在

可我没了

我能做的

我能做的

就这么多了

春天在月亮上播种

夏天收割蝉鸣

秋天放出小兽

冬天收藏太阳

有爱时唯唯诺诺

无爱时心潮澎湃

五月的诗是爱的种子

呈现一种力的

是植入土里未知的痴情

谁都知道

云层是爱土地的

向下疯长的疏影

缝制在蛙声中

时而跳跃，时而挪移

时而亮出黑色的忧伤

我在河里

洗去一身的白

要像月亮一样

乐于为天空

隐瞒窟窿

拆了你我之间的围墙吧

从这边

我从墙内翻出墙外

从那边

你也是从墙内翻出墙外

拆了吧

它让你我容易骨折

容易碰得一鼻子灰

拆了吧

潘政祥诗歌精选集

我们本来没有内和外

拆了吧

服从内心

想扑向海的时候

水在密谋

想奔向远方的时候

陷阱在密谋

我把阳光挪到额头上

对于爱

我从不在乎繁花似锦或荆棘密布

臣服于笔的文字

必定是坚强的

而臣服于爱的人

必定是被剑伤过手指的

我一直保持着上身前倾

把脸部的皱纹都用上

去迎接刚刚从海里捞出来的

一个貌似用石头做的月亮

对不起，亲爱的

对不起，亲爱的

我不再爱你了

天上的云我爱

雪山上的雪莲我也爱

我喜欢这种遥远

并爱上了这种遥远

我必须原谅自己、原谅美、原谅爱

甚至我原谅了那天空中的飞鸟

因为它是我的天使

那天，你也在

我的一千零一夜

废墟上的阳光

很像是写了一半的碑文

拦腰截断

记忆中月亮被粉碎

替我辩护过的鸟儿

把翅膀暂放笛孔

每块石头都有信仰

每段爱情都是种子

二〇二二年的春天

风吹过的渡口长满野草

城市迷失

太阳的正反面落满月亮的星子

一朵花落下

正好用来祝福我俩的分离

既然雨一定要下

我何不趁机放纵自己

如果有心，你来吧

风把院子吹了个遍
春天是一件不张扬的花衣裳

如果有心，你来吧
我把阳光分给你一半

这不是梦

都半夜了
说好来的或者没说过的
都没来看我
院子里的灯守着黑暗
门开着，窗也没关
我把爱情收了起来
半首诗的文字
在东窜西窜
鱼缸里的鱼始终没有咬钩

是不是该饿它几天

后来下雨了

仿佛很多人相约进来

把门窗挤成春天的模样

小巷

在窄窄的月光里

有墙扶就好

夜的内容

不必修饰得过于妖艳

我的脸有井的深度

一勺水和一勺月光

是我想表达的

但在这初夏

我的感情是最单薄的

或者会被一声蛙鸣

一点就破

或者已经被傍晚的鸟儿

看成草在堕落

不要相信我昨晚上的梦

反复提起的往事

是昨晚贴上封条的

在一幅画前

我静默了三分钟

河水继续在涨

都快将太阳熄灭

可在另一个地方

月亮比我想象的更圆

大地与天空一样雪亮

都能看清每粒尘埃

那激情澎湃的心脏

今天注定平凡

今天

不好

也不坏

有人约

没有人爱

就着阳光

彼此说"谢谢"

不必把心情

记录下来

我有一个竹篮

我有一个竹篮

装不了天

也装不了地

更装不了爱情

但我可以装风

也可以装水

甚至在谷雨的时节

可以装早晨

也可以装黄昏

今天距离明年的今天是多远

桃花开了

桃花落了

我不肯定明年你还在

但可以肯定明年

我还来

一次就好

布谷鸟的鸣叫

如桃花朵朵依次开放

歇在院子墙根的枯草

重新找到舞台的出口

如果此时

你骑着马或乘着旧年

不经意流浪到大海的秋叶而来

即使如黄昏的夕阳

即使不是因为爱情

即使我翻遍字典也找不到永远

你能为我点燃你手中的灯盏

哪怕是一次就好

变化

坐太久了

石头会麻木

我也该换换地方

不管怎么样

天空还是那个天空

土地也还是这个土地

而当动情的湖泊

落进天空的眼睛里

所有的故事将被忽略

或者重新被剪辑

寂寞的不只是雪

寂寞的不只是梦里的雪
还有人间不知是为谁而留的白

我无可替代地爱雪
甚至比爱你还爱

一竿子的阳光
是袖笼里藏着的无奈

如扫帚的风去了
还来吧

而有些落红
记得也好，忘了也罢

我又要出门了

赶车的人

还在回家的路上

信奉爱情的人

正在用月亮锁上门

用心找到夜的中心

永远无法得知的

再晚些时候

鸟就该归巢了

黄昏总是这么磨蹭

仿佛桃树底下

走过怀揣着心事的人

有人说下雨天没有黄昏

那些大的、小的细微的存在

只是以假象示人

忽然想起一条河的前身

在张皇不安的缝隙里

我负责的是寻找

那一道没有关严的门里

一个如月亮一样的人

每天都是这样

每天都是这样

双眼困倦

脑子里却跑出来小精灵

跳着、唱着

傍晚的雪花呀

你能不能告诉我

我是哪年遇上了你

那双在雪地里跳舞的红舞鞋

如今去了哪里

傍晚的雪花呀

你能不能告诉我

我是哪年遇上了你

那红舞鞋的主人

如今去了哪里

这世界怎么了

（一）

被太阳反复推敲的

是四月的雨水

（二）

当我们安静下来

时间就老了

（三）

快天亮了

我必须背熟今天的台词

（四）

不是这世界怎么了

是自己怎么了

煽情吗

你的头发乱了

我用了三天时间

用寂寞的新月给你

做了把梳子

拾零与拾遗之间

（一）

星星不能再碎了

萤火虫也有累的时候

（二）

从浅浅的海里

我接回红色的月亮

（三）

在拾零与拾遗之间

我是一截躺下的朽木

（四）

所有的有烟火的爱

都是伤口边长出的好看的花

空洞，空洞

竹篮漏的风

吹遍春天这个迷宫

我望着布满蛛网的窗口

是不是就像老了的妈妈

看着我的面孔

而亲人犹在

水已只剩下半桶

如果我爱了

你说什么我都信

给我泡沫

也以为是星星

即使你给我刀子

我还会把它当作月亮

菊花台

把爱像羊群一样放出来

那么我就会成为爱的奴隶

所以我把爱关起来

让月亮看守着

我是它的王

只是偶尔去看看

不合理的心痛

弄丢十元钱币与弄丢十元一支的玫瑰

一支口红也是十元

山与海的由来

因为不想一个人走

又苦于没有人陪

所以出发前总会在口袋里装一块石头

到记不清是多少年以后

我出发的地方

变成了海

而另一个地方

变成了山

无聊的解说

窗外是太阳

窗内是我

太阳很寂寞

我也很寂寞

但我突然想到

我照亮了太阳

太阳又去照亮很多人

便在玻璃上笑着

没有落花的春天是不圆满的

我向开满花的树走去

一朵花朝我落下来

我希望它能落在我的掌心

我要和它说

放心去吧

有你，这个春天就圆满了

145

我缺对自己的致敬

红色的翅膀是春天的

跪着求爱的年龄

小女孩追着叫小花的小狗

却把路边明天才开的小花唤醒

我的鞋子里装着一片沙漠

你的嘴唇拥有第一场春雨后便杳无音讯

虽然我安详如黑夜

虽然夜贪婪如雨伞

可那些事情照样零零星星

而花朵再难闭合

死于惊叹的都拥有了爱情

我只有拂去所有的黑色

让每个明晃晃的日子

看见我在致敬

也有人在向我致敬

亲爱的，别怕

月亮很大

足以把我晒成干桃花

我行将起来

孤独何故密密麻麻

我行将起来

即使不能将它们消灭

也要把它们引开

别怕，别怕

月亮很大

记得后山有断崖

和昨天的爱情有关的诗

先到的人

看见的是一朵盛开的花

后来的人

看见的是一朵枯萎的花

天下雨，也可以下阳光

伞在需要时撑开，在不需要时就合拢

我肯定向河那边走的人

是仰起头去迎接悲伤的

调头回来的人

是低头捡拾幸福的

而我自以为才高八斗

却从未赞美过什么

也从未放弃过赞美什么

花祭

花用一生的时间

向我讲述一个凄美的爱情故事

而我

仅用了一夜

听说又要下几天雨

竹还是笋

我要拿什么来编织篮子

盛这黑白相间的缠绵

只是诗里这么写

从今晚起

我把所有的窗关严

把月亮还给天空

这个春天，我还有什么值得遗憾的

除了笛子有些呜咽

所有的风都没有怨言

今天下雨

是老天一不小心说漏了嘴

今天的失落与孤寂

昨晚究竟同谋了什么秘密

如果你觉得悲哀

如果你觉得悲哀

请把梦倒过来去做

在你还有爱的时候

醒来

昨晚的梦

第一个梦

有三样东西向我奔来

依次是月亮、香烟和诗

第二个梦

是灯光下的字典

和在字典里找爱情的我

如果你想恋爱

那你就先造一座牢房

选个冬暖夏凉的地方

因为你会在这里

住上很长的时间

自认为与爱最有关的诗

总有些响声虽然很大

却是我再也听不到的

我亢奋地活着

在烧成红色的铁板之上

我告别某些可能

就有了原谅太阳与月亮的理由

可以解的方程式

是风和雨达成和解的默契

但时光还有足够的意义

只是我再也听不到

心脏猛烈撞击肋骨的那种声音

与时间说

时间给我以苦难

我不拒绝

时间给我以疾病

我会接受

时间给我以死亡

我坦然面对

可我会还给时间

以鲜花

以欢愉

以爱情

我的眼睛映着火把啊

我知道

这是春天

在我眼里开的花

等

在春天的树底下

等车

我希望

车可以来得慢点

再慢一点

我是有欲望的人

我要造一条小船
用来横渡春天

我要造一座木桥
用来搬运秋天的星星

我要造一座城楼
用来欣赏外面的风景

我要造一道虚掩的石门
用来捕捉你的爱情

一个失败者的诗

我用一己之力
让花在春天里开放

可最终我还是缴械投降了

没有理由可言

我只是随意拿来

三百六十个文字当针

插遍全身

我并不看好春天的爱情

我并不看好爱情

特别是春天的

是不是每开一朵红花

就该有一个人

要为爱咳出

最后一滴鲜血

我喜欢的

我喜欢夜风如梳

我却安静如灯

墙角和猫

屋檐有雨

春天正老去

铁链如溪水"哗哗"喊疼

太阳弯腰捡拾羽毛和笛

一条半米宽的路上

藤条在鞭打影子

春天照旧运来花和爱情

只是时间在喘息

午夜的夜空

这午夜的夜空

实在是过于空旷了

是不是可以给它扔几根骨头

一些粮食

和用腻了的爱情

等到天亮

甚至也可以把月亮

和自己扔给它

什么故事都没有结局

不像是某个剧情

早在日落前就做好安排

在雪地里喝酒

总有浪漫会崩塌

等钥匙被出卖

夜晚就会死去

而我必定会醒来

春天有什么不好的

夏天，石头煮水是一种爱

秋天，落叶追日是一种爱

冬天，踏雪寻梅是一种爱

春天有什么不好的
花开、花落也是一种爱

下定决心忘记你

开着的一半是窗
关着的一半也是窗

如果月亮可以是一道门
那么钥匙是一滴干涸的泪水

在火柴与香烟之间
如果可以

我情愿选择在有诗的日子

省略美丽

或者省略诗里必不可少的那个字

既然爱过

日子捂出了汗

一杯刚刚凉了的咖啡

风穿透后的小巷

阳光过于直抒胸臆

总要与一支烟分别

可以怀一丝悔意

而依然汹涌的海浪

我却无意再次平息

既然爱过

又何必告诉你

太阳浓重的乡音

有两片落叶、一个孤寂

我眼里的春天

我眼里的春天
是微醉的风

山坡上开了一万朵花
像一万个情人忍不住笑出声来

春风为什么这样红

流浪的风
是我此时一半的
心情

桃花颂

晚到的红
无非是来证明

雪也有你我

一样的

血性

还有和你我

一样的

面对爱时的冲动

三月的诗

（一）

今年的桃花很少，写桃花的诗人却很多

（二）

爱情只有三步远，毒蘑菇、刀和陷阱

（三）

火车飞驰，水面平静

（四）

一日写诗，另一日恋爱

（五）

捕鱼的人捕到兽，打猎的人打到鱼

战争与爱情

丛林法则来了

蝴蝶效应来了

春天总令人热血沸腾

从房子里搬出椅子和床

种子是不可以洒落的秘密

我爱春天

但也爱春天的以前和以后

我还将爱上黑暗

在这里抱怨和诅咒都没有用

亲吻过的疤痕

如装着失了血的桃花的小船

统治着一个又一个夜晚

山那边

这一刻
我这边的天空在燃烧
你那边的天空也在燃烧

这一刻
我在这边疯狂想着你
你在那边疯狂想着他

世界大同或大不同

你所看见的
不一定是真的
你所听到的
特别是爱
不一定
是我说给你听的
即使是我说的

也不一定

是你愿意听的

寂寞的由来

和太阳说黑夜

和大山说轻浮

和大海说渺小

和你

我什么都不想说

必须说吗

那只要你舍得让我寂寞

还有多少是雷同的

我在这边写诗

你在哪里读诗

我怎么也想不出来

诗还在我的笔尖中

你却已经读着我的诗

一点掌声也没有

只有一个天空落下

打摔了我还装着半个夜的杯子

我所看到的春天

我所看见的春天

是水中的新娘

她不哭，也不笑

往后的日子

都是她丰厚的嫁妆

我所看见的新娘

是水中的春天

她温柔又善良

往后的日子

都是她一发不可收的情感

该起身了

趁惊蛰还有八百里之远

造一只接亲的小船

再在蝴蝶做梦的地方

造一座新房

在看见春天的时候

我都会以为

自己就是新郎

做一朵雪花真好

做一朵雪花真好

可以落在你的发际

可以落在你的唇间

可以落在你的胸前

做一朵雪花真好

可以抚摸你头发的柔顺

可以感受你唇的温度

可以倾听你的心跳

做一朵雪花真好

桃花红，梨花白

故乡有对双胞胎
一个红光满面
一个皮肤白皙

故乡有对双胞胎
一个住在南坡
一个住在北坡

故乡有对双胞胎
爷爷爱着
爸爸爱着

故乡有对双胞胎
让我做你们的兄弟吧
我是那么深地爱着

我的一生多么像一朵雪花

若无其事的风

多像稗子虔诚的悔意

也像双手插在口袋里

倾听风声的自己

我打一个寒战

梅花就开一朵

雪下一遍

我朝天望一眼

可即使雪从天亮下到天黑

也洗不白更多关进匣子里的日子

但风可以再大一点

大到能把我的手从口袋吹出来

这样至少还能把摔在地上

已经很久的残雪

无情地扶起

在雪地里，我点燃一支烟

人间所有的裂痕

都在白色的晚上

脚下打滑的目光

最多只能够到月亮的边缘

而被火燎伤的日子

爱是来不及修复的遗憾

今天，我只听雨声

听着这雨声

便知是春天了

竖笛在门前

横笛在屋后

炊烟如音符弯曲

解冻的心情

有时需要跑点调调

还有什么是难以释怀的
阳光帮人间解开一冬的谜团
那么把爱交给爱
把辽阔交给鸟
把土地交给彬彬有礼的小草

风

我只爱有自己的晚上
我只爱有月亮的晚上
山像婴儿一样熟睡
偶尔的撒娇是风偷摸着他的身体
新娘乘水而来
白云和繁星是她的嫁妆
我会用木棒把夜高高支起
点燃一堆松明
然后我写诗给火看
再让火读诗给你听

人最大的悲哀

爱到一半

恨也到一半

话说孤独

（一）

孤独是一张捕捉风的网

（二）

孤独是一个人爱上另一个人

（三）

孤独是一个梦与另一个梦之间的那条小路

（四）

孤独是王位和王冠

（五）

孤独是正在写诗的我和正在读我写的诗的你

（六）

孤独是射入爱人心脏的子弹

阳光普照啊

阳光照耀着我

阳光照耀着你

阳光照耀着昨天的雨

阳光照耀着明天的路

花轿啊

一定有新娘

温柔善良

阳光照耀着木质的房子

阳光照耀着正在玩耍的宝宝

阳光照耀得石头如金子

阳光照耀着含羞的苞蕾

花轿啊

一定有新娘

面容姣好

你不必望着我

我也不必望着你

我俩只要开心地晒着阳光

比什么都好

春天里什么都是动态的

穿过云层也好

穿过羊群也罢

但雪总归像个亲人

我不知道叠加与覆盖

是不是叫作救赎

但循规蹈矩的人

都将在春天里

携着摔成一瓣一瓣的花朵

私奔

话说二月

雪，你下够了吧

要不然

你继续下吧

哪怕你想再次毁灭证据

那个伤心到流泪的人

也会加入腰间挎着鼓的队伍

都快正月十五了

雨停了

道路湿润，但不泥泞

太阳金黄

撒下这密不透风的网

我放平身体

用最愉悦的心情

一边拭擦思想的斑斑锈迹

一边想象天上

有个半梦半醒的月亮

这是个真实的故事

我把整个冬天

看了个遍

却唯独

没有看见你

总有些美丽迫不及待

最后一场雪之后

我的书桌上有很多花在聚会

桃花、李花、迎春花

都跑到我的诗里跳来跳去

只要我合上书本

就能听到它们在幸福地喊疼

爱情是怎样来的

那天院子里的桃花

如撑开的伞

那天你的伞

如桃花盛开

那天似乎有雨

又记得似乎有阳光

爱情是怎样来的（二）

我生病那天

你刚好带着对症的药

不求你与我有同样的观点

沉默是可以理解的

那么对于我

你就不难理解了

我对谁都没有敌意
只是经常被香烟、刀和玫瑰
弄伤手指

风一遍一遍吹过大地
我从山坡上回来
捡了一只沾上几朵雪花的鞋子

而挂在墙上的旧棉袄
就足以让太阳惭愧
让我唏嘘

春天的由来

筑一道花墙
让花捂住
所有的
疤

春天的来历

我用眼
一口
把桃花
咬出血来

现在是凌晨三点零六分

如果我现在就睡了
那我的爱
是多么的不真诚

我不在乎

我不在乎所有的船都驶离
只留下我
我不在乎梅花、桃花换个季节开放

我不在乎我俩的爱情

是采用了倒叙手法

我的信念

（一）

如果一定要说

黑暗有同谋

那我十分情愿是我

（二）

我有不在的理由

因为我实在没有理由

说出自已在

（三）

只有牙医才能撬开我的嘴巴

并且心甘情愿

而且迫不及待

有一种爱叫盲目

我不会劝阻一股
奋不顾身地吹向墙的风
就像一场早知结局的爱情
我依旧好好爱着
一天一天
一刻一刻
一秒一秒
好好地、盲目地爱着

人间有你才完美

（一）
太阳的新娘

（二）
我不敢说爱你有多深

（三）

若要长久，请冷静

你的美是我不能容忍的

一望无际的月色

星星比想象的

更加出色

流星是顽皮的孩子

用雪造的房子里

有人在写诗

有人在酿酒

而屋外

有人用脚步叩问爱情

你的美是我不能容忍的

可我要告诉你

我并不会醉得太久

桃花的唇

已经慢慢接近我的唇

立春那天，我打了个电话

立春这天

阳光很好

雪地像一面照妖镜

可你说

你那里下了一场雨

很冷的那种

我一边打着寒战

一边说

再冷的雨也叫春雨

平常之心

风是为我

来梳理头发的

不承想

却越理越乱

多少年了

如此这般地反复

我一直没怪它

感谢陪我淋雨的人

我知道

我并不是最后一个睡觉的人

前面的大雨越走越远

后面又有雨越来越近

天空忽高忽低

仿佛要把所有的美好都交给我

我相信

那个陪我淋雨的人

是不远千里而来

而我除了感谢

只有把天空当锅

点燃柴火

锻造璀璨

回家是一个善变的命题

从一尺厚的雪地里

找准一个位置

拔出萝卜，挖出青菜

或收获一只奄奄一息的小兔子

那些空洞与愧疚是不需掩埋的

回家是一个善变的命题

就像天空很喜欢变换脸色

就像我今天

还不知道换什么样的心情

去面对一群人、一堆美食

或者还有失散多年的爱情

我禁不住向你的方向望去

本该井然有序的

都恢复最原始的样子

我无以回报那些给我消息的人

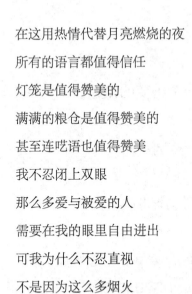

在这用热情代替月亮燃烧的夜

所有的语言都值得信任

灯笼是值得赞美的

满满的粮仓是值得赞美的

甚至连呓语也值得赞美

我不忍闭上双眼

那么多爱与被爱的人

需要在我的眼里自由进出

可我为什么不忍直视

不是因为这么多烟火

有如梦里的亲吻一样盛开

我无法拒绝这夜的诱惑

这夜是你的

也是我的

最终还是属于已知与未知的爱情的

我不只是惊叹世界之美

小舟泊过的水面

有星星羞愧的眼神

我无法拒绝这夜的诱惑

也无法阻止

种在心里的种子

摸着黑在发芽

如果再来一场雪

如果再来一场雪

我就不要了

都给你吧

一院子或一山坡

从开始到结束

我只想在简陋的篱笆墙

或裸露的巨石旁

看着阳光四处奔跑

等待桃花朵朵开

一场大雪后

不想关心梅花

人间足够大

阳光如海

留白处也足够大

这就够了

听说

爱有成千上万种写法

夜真的来了

夜真的来了

睡意袭来

像没有骨头的虫

突然想起

太阳下垂

像一地的虚词

我还是不敢相信

我还是不敢相信

白天有多白

黑夜有多黑

我心中的灯盏
捻亮的时候
照亮的究竟是太阳还是月亮

群山隐退
草木依然茂盛
河水干涸
桨声依旧清脆

我不便说出的
是不是绰绰有余的爱
和我刚刚好的体温

也许我说得不够准确

准确地说
光有夜是不够的
月亮只是被雪掩埋
我只是换了件衣服而已

我要的白马

不是不来

只是晚了一点

灯笼是从诗里面拎出来的

红得还不够彻底

而我从地上捡起白发

像一天的最后

等待天亮

像退潮后到处是泡沫的沙滩

不知是给谁留的白

有一种爱

酒杯碰响的时候

有一朵雪花

从窗口飞进来

我根本来不及劝阻

它便投入正旺的火里

我满怀愧疚

悄悄地把窗关上

夜夜夜

我把夜藏起来

露出的那一小部分

是被你踩痛的

从此，我无所谓输赢

扶着锈迹斑驳的栏杆

我的爱是崭新的

或者，栏杆新得能照出人来

我的爱如秦时的月一样旧

今晚，星星如骰子一个不少

可我已戒赌多年

我不是容易被感动的人

太阳和雪
并不矛盾

爱情和眼泪
更不矛盾

在水里摸摸月亮的温度
我知道春天不远了

我在诗里谈到了自己

披一件用火做的外套
是我的愿望

现在不是雨季
红日招摇

这夜怎么啦

蜡烛蒙羞

我一挣扎

天空就冒出许多星星

说给自己听

遇到镜子

我们都应该深深地

鞠躬

遇到桃花

我们都应该自带

火焰

可我偏偏遇到你

天空有这么多

无人放牧的星星

我不知道

该不该

认领

想幸福的时候

找回两瓣忧伤

刚好补贴我

幸福的贫穷

我说的是雪霁的早晨

只有雪才配得上白

只有爱情才配得上幸福

可我喜欢把这两个

与我毫不相干的东西放在一页纸上

那时是早晨，也是晚上

归来的人未归，离去的人未去

天与地还紧紧相拥

而一滴像太阳一样的血

也可以说像血一样的太阳

是永远来不及篡改

和抹不掉的痛

我怕得知真相

天快亮了

我也该醒了

可我怕得知真相

我亲手撒下的种子

也该发芽了

带着土地里的秘密

风吹向东

风吹向西

向我吹来

一首诗真正的出处

要不

就孤独着

要不

就像灯光一样

写首诗

然后

像月亮一样

更孤独

只说今夜

今夜你眼里的天空

很黑很黑

是用雪清洗过的

是用寂寞的小草绑扎过的

是走向月亮的羊群

今夜雨水是沙漠的客人

用鲜花圈养的星星

朗诵着多年前

我给你写的一封信

你我爱情是好朋友

流水、星星、爱情是好朋友

你的、我的爱情也是好朋友

我并没有走进你家

你有很大的院子

桌子、椅子、梯子都是新的

你有两匹温驯健硕的马

你有各种果蔬、粮食和美酒

你有一屋富有的灯光

我把刚捕获的猎物放在你门口

我把一首刚写的诗放在你门口

我把用木桶养活的月亮放在你门口

我从来没有走进你家

可你的、我的爱情仍是好朋友

我始终相信科学

不亲自走一趟

什么都是传闻

像一道道加了佐料的菜

无法复原

比如某处风景的美

比如某城市夜的奢靡

比如有来无回的人间

我始终相信科学

但有时又不可思议地相悖

比如在见一块石头之前

我口袋里会装满各种工具

我喜欢听石块滔滔不绝地诉说

喜欢给石头安一张只说好话的嘴

帮我说出羞于说出口的话

如果这还不算爱

如果你要

把我的语言拿去吧

把我的衣服拿去吧

把我的头颅拿去吧

把我的身体拿去吧

但我的爱你暂时别拿去

因为它已千疮百孔

如果你真要

那就等我三天三夜

让我把它缝补好

有些事情想想就好

艳比暖阳

灿若桃

润似玉

我写的并不是年轻的女人

或者是女人年轻的时候

但我不写女人

又能写些什么呢

广阔的天空下

只有我形单影孤

临水而立

以至于我都羞于提及

昨晚月亮最后的归宿

今晚我的确没喝酒

我不认为

夜晚是属于见不得光的

循着墙根的声音

有女人的曲线美

仿佛是可以临摹的画卷

而我只是一路走下去

也许走着走着就不走了

可我仍然很清楚

家离得并不远

我有足够的不回家的理由

我也十分乐意

替夜幸福地黑着

另一半

镜子太小

只够我将半张

用来微笑与恋爱的脸放进去

另外半张

我是用来失恋与忧伤的

明白后

一场大火

兵分三路撤退

还有一路

留给夜

还有我的未来

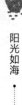

我们又一次接近冬天

我们又一次接近冬天

从春天走来的羊群

像沙漠的日头

一次次被挖掘出来

又一次次被淹没

天空像被去了鳞片的鱼

更像情人热吻后有些苍白的唇

而我的呼吸为什么会越来越急促

有人说那是我越来越接近春天的真相

也越来越接近幸福

把诗写进深夜

把诗写进深夜

你可以找些石头、柴火和水

火种必须放在显眼的位置

今晚的文字都生机蓬勃

那就把只有在下雪时才点燃的篝火

提前点燃吧

让文字与文字相遇、相爱

让火光照亮它们

健康而年轻的脸

有些花可以反季节开，雪花不会

雪挪挪地方

我就被某些花

骗到了春天

我的卑微

（一）

在交出信条之前

我尝试着

走近你

（二）

举起自己瘦削的身躯

砸向比我更瘦削的

影子

（三）

低下身子

让你刚好拿走

我头顶的光辉

雪落在我不知道的地方

第一场雪

带着忏悔而不是终结

雕刻着荷花的石板

通往叫山的地方

那些我不知晓的事物

穿过历史，穿过旧的伤口

天空的敷衍是不可饶恕的

所有的美丽都是后来的事

迷茫

在午夜

乘上不知是第一班

还是最后一班的船

也不知道

我是要离开

还是归去

船开了

四周全是水

可以过滤的日子

这如水的月光

如果滤去透明的那部分

就犹如揭开盖的酒

坐在缸沿的日子

便纷纷落下

而我是日子里的一粒尘埃

在经过三百六十四天的自由落体后

还是没能抓住一场雪的尾巴

可以把它当作感情

不是你的

即使再廉价

你也买不起

冬天的印象

（一）

把太阳吹灭

让雪更白

（二）

冬天的风

让穷人有了尊严

（三）

一场大雪后

太阳的脸更加干净

淡然地活着

阳光如帘垂坠

我实在不敢与咖啡

谈论爱情

所以整个下午

我只要了一杯

白开水

这是过去不久的事情

从石头里

解救出星星

种半亩水稻

让萤火虫

照亮每一个

落草为寇的爱情

我究竟想说什么

山是蹲下来的一块石头

石头是站起来的一座山

那年的事

那年

已记不清是高兴还是悲伤

反正记得想哭

我是背对着太阳的

后来听人说

那天我哭的时候

太阳背过身去

它也哭了

并且比我哭的

多了三天三夜

转身，因为我不是圣人

207

（一）

从火中取出石头

用来捂热和咖啡一样

已经凉了的吻

（二）

走了太久的

肯定是那一个

最爱的人

（三）

转身

遇见山

遇见水

我会比雪活得更久

我不会为某一刻的眼泪去申诉

也不会用哪片海来假设

整个冬天我紧扎裤脚

把自己藏进粮仓

那些缝隙是故意留给我的

是为了让我能看见

散落一地的爱情碎片

如何被雪清场

但我十分愿意相信阳光

会让我比雪活得更清白、更久长

太阳照耀大地

我的一生
并没有做些什么
只是一直很努力地
把太阳从早晨搬到晚上
从麦田搬到雪地
从东搬到西

我的一生
都在用月光洗脚
洗着身体
唯独没有把手洗干净
没有用心地洗

太阳照耀大地
在太阳下
一切都如此美
美得让我不忍直视你

我的选择

既然选择做一棵树

就该做好

被砍伐的准备

既然选择爱情

就该做好准备

享受孤独

但我只选择做一朵雪花

轻轻飘落在你肩膀上

在你要掸掉之际

趁机融化在你手心里

我和爱只隔着一件外套

我比冬天的枯草

仅仅多了一件黑色的外套

所有的劲风

都藏于翅膀

所有的激情

都等着雪才能洗白

而当我在某个大雪纷飞的夜晚

让火点燃我赤裸裸的身体

那整个世界会不会因此

而羞愧难当

我暂时忘了的

转身

发现

或被发现

我暂时忘了的

路

比我想象的窄

窄得蚂蚁

也要孤独前行

我怀抱谦卑

亮出心脏

任夕阳

比落叶更轻

让自己活成零的样子

（一）

天空与爱情漏洞百出

星星纷至沓来

我转身看见自己

撒下的网

（二）

没有猎枪

我做不了猎物

那么何必不让自己

努力活成零的样子

令人哭泣的事

（一）

与木凳

说起森林的辽阔

（二）

感情的赝品多了

真情更值得怀疑

（三）

梅花说现在雪也不下了

留着我有何用

自以为最好的诗

我的年轻不是没有了

而是我的年轻

老了

如果你怕黑

如果你怕黑

转过墙角

就会看见白色的月亮

或者

你在原地稍等

月亮就会转过墙角

看见白色的你

还可以再纯粹一点

很多时候

我在想

雪从哪里而来

更多时候

我在想

你要往哪里去

在太阳底下

像感恩土地的稻穗

我微弯着腰

那是我对你走过的山水

致敬

我还能说些什么呢

你的平静

属于烈火

属于生与死

属于已知结果的爱情

属于风中不再复燃的灰烬

日子

不像落叶自己飘零

你是我撕下来的

从我的痛处

这也不光是雪的事情

把台阶打扫干净后

我便等着下雪

可既然阳光总是扫不掉

那就好好留着它

我知道

雪也怕冷

话坚强

我听到一种声音

从镜子里传来

是寒冷的坚强的那种

我不禁低下头

看见自己在地板上

闪亮地蹦了几下

便站了起来

我还可以这么说

我还可以这么说

从我嗓子里

可以掏出珍珠和雨露

而昨晚那漫天璀璨的烟火呢

是不是足以证明

爱情可以热烈到你死我活

是不是用尽形容词

也挽救不了

一个夜晚的淹没

有些话像一只水鸟

至于火的温度

我是绝对不会说的

至于那场被捏造的雪

不只是因为

有许多文字在悄然靠近黄昏

还因为有想把所有没死的人

带回出生之地的时间

有些话像一只水鸟

只要你一张口

便潜入水中

重新来过吗？可以

我把一页页日子

重新装订成开始的样子

那时，我还不认识你

那时，我俩还没分手

用雪来款待爱情

大雾还是来了

狼嗥也是那么小心翼翼

我双手下垂，两眼空空

但至少我还可以

坐在秋天的枫树底下

等上许多干枯的日子

用雪来款待爱情

夜不算太黑

夜不算太黑

甚至还有几点灯光

那是留给我写诗用的

为了让诗里的人

不至于走进泥潭

也是留给看诗的人用的

为了能看到诗里

那个正逢恋爱年龄的

漂亮的女孩

对爱的坦然不是无缘无故的

此花开了

彼花谢了

我便坦然了

有些花

开在该开的时候

有些花

在不该开的时候开了

我坦然了

有人说

有的花

是在我的身后

悄悄地开着

那我也要说

有些花

在某人面前讨好地开着

却是被忽略的

致敬！爱情

马厩空空

马厩外

坐在月亮上的人

还在

或者

马厩外空空

马厩内

望着月亮的马

还在

我记得来过这里

枫叶在黑夜里醉了

窗台上的菊花

在灯光中登场

是谁从四面八方款款而来

这一院的秋色啊

是否在静等

被风刮到屋檐上的月光

欣赏我如菊花瓣瓣的心思里

经卷似的黄

面对浩瀚

所有的疼痛

我都信了

所有的怜悯

我都信了

我更相信

在天空中滚来滚去的

绝对仅仅只有太阳

是否也有人会呼唤我

天黑后

我就一直呼唤着某个名字

现在，刚好十二点

我听不到自己的声音了

但我不知道

是自己喊累了

还是那个一直没回应的名字累了

窗外，风在轻唤着树叶

到土地的背后去

可以胆小些、卑微些

要敬畏草原的法则

爱，要像花开

像一种罪恶赦免另一种罪恶

让安静与信任成为习惯

让蚂蚁背来风

种子带来欢愉

像天空漏下的星星

在大地上游走

像女孩还不知道

自己是女人前

那样值得拥有和依托

如果一定要问我今天的心情

如果一定要问我

今天的心情

我只能说

天上有雨，还有太阳

但好像没有成熟的果实

不会落下来

如果你还不明白

我就这么说

昨晚我写了半窗的诗

你是不是从窗里

向我扔出

半瓣的灯光

天冷了，要学会爱人

太阳解开冬天的夜的密码

一个死了很久的蘑菇

在我手心里复活

天冷了，要学会爱人

走在深圳的土地上

（一）

有一场薄薄的雪

被我困在山中

（二）

我用一把斧子

治疗一棵树的伤痛

（三）

走在深圳的土地上

我的脚怎么没有陌生感呢

我和风总存在一点关系

幼年时的风

已经记不清我的幼年

风壮年时

我已老得像一张弓

风老年时

我和一棵陌生的树绑在一起

对不起，我也该忽略你了

到海边

看日出

你一定要让双脚

插入海的体内

在海边

捡一个贝壳

就像海水涌上来

捡起我

我拿着石子

逐浪

海拿着月亮

追我

我用手语

告诉你

对不起

我也该忽略了你

我只能这样对自己说

如果你冷

就抢个墙角的好位置

那里有不多的

阳光

信与不信

我说

今天下雪了

你不信

我说

今天离我们很远的

很多地方

都在下雪

你信了

我把自己写没了

开始我写

飞机终于落地

我仿佛呱呱坠地的婴儿

湿漉漉的

太阳看了我一眼

放心地离去

后来我写

痛快淋漓的爱

赤裸裸地写

往幸福里写

往死里写

写着写着

人群中就多了一只鞋

写着写着

就发现人群中

有一个只穿一只鞋的人

世界

在下雨

与河流之间

在下雪

与山之间

唯一激动的是

眼睛

我还在今天

昨天过去了

不管好的、坏的

没有留下一点痕迹

昨天真的过去了

信不信

由你

残存的却是我最爱的

这个夏天薄如蝉翼

天空欢愉

雨水，庄稼，屋前、屋后的山

以及人类自认为含蓄的语言

包括我对某人的崇拜

包括我对你的热爱

仿佛一首修改无数次

也词不达意的诗

仿佛奔涌着或热或冷血液的

已硬化了的动脉

仿佛被很多人看过

失去禅意的荷叶

我无须渡到对岸

因为即使用长满了鲜艳的毒蘑菇

厌世了一个世纪的竹竿

也会把这个夏天捅破

我唯一能做的

只是用铁原谅疼

用墙原谅风

一朵花的是与非

背叛我

你又不是第一个

那么就让夜怎么来的

就怎么去吧

我有一两声露水

跌落在人间的声音

就足够了

突然的想法

我突然想问

某个人

我有孤独

你有吗

乌鸦与我分手时

我把黑色

还给乌鸦

教我如何不忧伤

天这么蓝

姑娘这么漂亮

教我如何舍得忧伤

天仍然这么蓝

姑娘穿上婚纱更漂亮

教我如何不忧伤

星星

人类总那么好事

把所有的语言

串联起来

挂在天空的每个路口

等待太阳

在我俩中间点燃一堆篝火

（一）

玫瑰是什么

玫瑰就是玫瑰

玫瑰是你

（二）

你站在水中给我写信

所以信很长

长到一辈子

所以信很短

短到一个字

（三）

在我俩中间点燃一堆篝火

它看到我俩的爱情

就会很高兴

只是说说

诗意来的时候

我就用刀

在自己身上捅出

一万个窟窿

最后，像花一样绽放

转瞬即逝的，都是活过的

用金属

复制微笑吗

用流水

形容爱情吗

用阳光

铸造不朽吗

可我面对镜子

突然想说

活着

你活该

我许爱以永远

（一）

我趴在琴弦上睡着了

我已经许爱以永远

（二）

我特别感谢我自己

因为我是如此地爱你

（三）

我知道我不可能是最后爱你的那个人

但最爱你的那个人肯定是我

我是担心自己对爱太执着

我要怀抱旧成怎样的一盏灯
挂在风也不屑一顾的树上
那纵身一跳的欢欣
是不是还那么摄人魂魄

热带森林的雨季
蛇一样缠绵
悲伤而细腻的甜蜜
有心潮澎湃的执着

那出走的记忆
难道不是新生的困惑
一眼望穿的爱情
何止只是桃花朵朵

我并不是一个怕黑的人

再走就是天涯海角了

我并不是怕黑

每次我拦下风的理由

是把每根头发铸成利剑

没有月光没事

没有爱情也无所谓

如果没有诗和香烟

我熟练地钻木取火

残枝败叶随地都是

我自戴镣铐

又不自甘堕落

我要在黑暗降临时

亮出自己的光芒

然后，写一首悲歌

悼念刚刚入土为安的花朵

午后的咖啡厅

总要给午后不太友好的太阳
留一些辩解的时间

真情沉默
多余的是漂浮的枯燥

但如果没有多余的
那我用什么
等你来

我已经不需要思念了

此时此刻
我已经不需要思念了
晚风平地而起
酒虚伪地拥抱我
骗过镜子里阳光的目光

也骗过芦苇荡里

一只纸做的船

而天空在摇晃

我眼里的你

怀抱火光

我怎么又突然想你了呢

应该是下雨了

马路上有些忘了回家的影子

酒已经醒了

雨很细很细

我怎么又突然想你了呢

都快到下雪的时节了

每盏灯都是一个败笔

月亮一直种在我心里

我小心翼翼地守护着它

而它经常溜出来

在我的眼角

帮我照看着肆意的泪水

我无限热爱自己的诗

我无限热爱自己的诗

那里草肥水美、阳光明媚

骏马既年轻又健硕

那里的春天

花像春雷在头顶炸开

那里的夏天

太阳和小伙伴一起抓泥鳅

那里的秋天

麦芒治愈我所有的痛苦

冬天呢

我给爱人披上洁白的婚纱

我给爱人戴上鲜艳的梅花

扶她上马

扶太阳上马

驾

这不仅是四季的故事

（一）

亲爱的，如果我幻化成鸟

可否在你的肩膀上

筑个小小的巢

（二）

亲爱的，雪地里

那红色的脚印

是你遗忘的

还是故意留给我的呢

（三）

亲爱的，还记得那个春天吗

你喊我的时候

把满坡如你唇的桃花

都喊醒了

等待被描述的天空

乌鸦说

天空是黑色的

孩子说

天空是蓝色的

我心里说

天空应该是无色的

我是个慢性子的人

我是个慢性子的人

在这冬天也是

我根本不在乎

是否能在日落前赶回家

急的倒是雪

它就怕来晚了一步

就会见不到我

还有尽管你已走了很久

我也并不那么着急

忘了你

除了爱我什么都可以出售

街头巷尾灌满风言风语

所有的门都开着

里面的人

像漏网之鱼游进更大的网

面无表情如门上

丢失了钥匙的锁

我是唯一一个练习过微笑的人

坐在微笑的软软的石头上

向路过的星星

兜售着蜡烛、船票和干粮

这是个被我悟透的黄昏

世界如此寂静

林间什么鸟都没有

孤芳自赏的花啊

难道你还好意思活着

今天注定毫无意义

（一）

如果你爱上我

我的一切都将停止

甚至时间

（二）

夕阳下

我在等蜘蛛把网结牢

这是条通往幸福的路

（三）

今天注定毫无意义

但我依然

不想把今晚的梦丢失

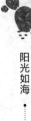

我还年轻

昨晚

我在年轻的时候醒来

那时

我的激情让太阳羞涩

那时

我不写诗

却读诗

那时

没有你

却渴望遇上你

那时

我什么都不是

却什么都是我的

因为下一秒谁都不知道

谁也不知道下一秒会发生什么

比如鱼悄悄游向鱼钩

比如蚂蚁大汗淋漓地追赶酒醉的脚步

比如石头突然披上皇帝的龙袍

比如小兽从枪膛里偷出子弹

比如羊群向刀子亮出喉咙

而我是否会一手挥舞着风

一手松开捂了很久很久

被爱情偷袭过的

现在除了杂草已什么都没有的口袋里

偷偷地长出的两朵玫瑰

我的真实是影子

窗外的早晨

是精心装扮过的

特别是大雪以后的风

我的疲惫与丑陋是那么的真实

可我还是不想掩盖什么

手指的影子是红肿的

我可以闻到

它对主人的不满

与不容置疑的忠诚

而扶着墙壁站起来的身体

我该不该轻描淡写地说

这既是昨晚的黑

又是早晨太阳的光荣

这很像是爱情想要说的

一边纵火

一边扑火

一边扑火

一边纵火

世界变化，我不变

天可以再蓝一些

山可以再高一些

海可以再辽阔一些

雪可以再下得久一些

可对于爱情

我一直面如桃花

孤独地发着低烧

那夜

那夜

似乎有风

似乎也有雨

但我可以发誓

肯定没有你

那夜的花

开向夜的最深处

有时像在哀怨

更多的像在呐喊

那夜的猫很安静

那夜的月亮

在我的诗里

只是两个翻来覆去

怎么也睡不着的文字

刹那的心情

窗外

有花在开

我想从心里面

掏出一句话

用刚洗净的双手

捧给你

我爱你，这没有问题

海水淹没了我的上半身

爱是部分器官的一小部分

我的方向不一定对

风也不一定是错的

而我们在用同样的方式爱着

努力地爱着

用尽全力地爱着

今天，我是被阳光写错了的人

但我爱你

这并没有问题

我总是想飞

忘了山的日子

我一定是在山里蛰伏

忘了爱的日子
你刚好有空儿陪我恋爱

云飘过山巅
心情像蝴蝶一样

冬日池塘

这片池塘不养鱼和水草
这片池塘只养着荷的老年
不知道是否有人能告诉我
为什么雨总落在这片池塘

为什么这么多人看到
枯萎后
就会更爱这个冬天

现在是下午三点

草丛里没有鸟

树上也没有

于是我开始关心起影子

是不是不用鞭子

只要咳一声

它就会飞走

风继续吹

（一）

风吹着吹着

就把水吹硬了

我跪着跪着

就把石头跪软了

（二）

不是我不想爱了

实在是我的爱

已经穷困潦倒

捉襟见肘

（三）

五月的森林

高烧不退

栀子花从墙里

开到墙外

记得有海，记得船里有你

对于海来说

我的愧疚是多余的

即使在这无风无浪的下午

我的愧疚仍然多余

不是说海鸟是移动的小岛吗

不是说海是饥饿的水吗

现在，我仅能证明

海的辽阔

所以我一退再退

直到海以为我不在人间

对于一艘在心里搁置了很久的船

我的愧疚更加多余

可以有想象

森林整片倒下

显山露水的

不全是我要的爱

这次我下定决心离开

即使作古的远山

依旧朦胧如黛

可新月将我的心思

越洗越白

这次我不告而别

即使补了三个补丁的灯火

还有半盏微笑

可你一眼就能看明白

我的手已是第九十九次摇摆

说说我自己

让我怎么说呢

我又能说些什么呢

还不如说说自己

远山毛茸茸的

太阳也是毛茸茸的

树上有不落或将落的叶子

土地将归顺于柔情

我是否像一只鸟

迷了路的那种

想趁石头顿悟前

还能找到一个知音

一起学习拒绝风的催促

拒绝马的嘶鸣

如果月亮代表爱情

秋天已过去

但我仿佛没欣赏过落叶

我只是觉得

内心干净透明

镜子内外都是奔跑的鲜花

我和你边走边聊、边聊边笑

把古往今来的事物

谈得一点不剩

唯有月亮被漏掉了

是我俩故意漏掉的

权当爱情读吧

（一）

多年以后

你不认识我了

我也不认识你了

但我们心里

还会记得彼此

（二）

一辈子

连一朵云都抓不住

所以我决定

放弃你

（三）

我从不让你

看我的后背

我的后背

有一处伤

永远无法治愈

并非口号式

如果黑夜是永恒的

那我与土地也是永恒的

我是被阳光发现的
而我又在渺小中发现辽阔
辽阔其实比渺小更小
只能装一个你
和半个爱情

距离

我和夜

隔一个窗户

我和鱼

隔一种声音

我和你

隔一张信纸

终于下雪了

终于下雪了

我把风兜在袖子里

这时，你不要听我的呼吸

要看我胸口的起伏

雪真白啊

只有女人嘴里说的爱

才能比它更白

这算不算怀念

我消瘦的时候

一定会出现一条小河

还有一截

连蚂蚁也不敢走的

朽木

一些事物肯定是新过的

在与时间的博弈中

我心甘情愿地败了下来

阳光在草尖上倾斜

把一些旧的事物照得明亮

我无奈地转过薄若蝉翼之身

悄悄地抹去嘴角的余温

等待被爱情

再次提及

等待被三月的风

再次拷问

梦中白马

早上路过一片树林

我看见很多诗

我随手捡起一首诗

着装很像是李清照的

容颜却像是李白的

从内容上来看更像是杜甫的

我把它挂在枝头

傍晚我又故意经行那片树林

那首诗还没人认领

我想

也许是我自己的吧

这个春天

细雨落草为珠

有多少爱情已萌生退意

而我还在欣赏

上个冬天梦中的那个人

赐予我的白马

忏悔

曾经踩死过蝼蚁

曾经引诱过麻雀

曾经戏弄过鱼儿

现在，我匍匐着

收起所有的目光

静听交头接耳的水的声音

有些我听懂了

那些听不懂的

我决定去请教大海

我的梦依然狭窄

水珠在荷叶上听着雷声

大地留住的是雨水的温存

与我共享太阳的山风啊

该不该吹进那道不知是为谁留的木门

我相信，隐藏与回避

是没有用的

而我的梦依然狭窄

只够珍藏一个人

什么是潇洒

终究是要分手的

端午已过

我不带遗憾

就像怀揣着沉重心情的麦子

心甘情愿地把镰刀递给路人

亮出细细的腰杆

相信我吧

相信我吧

每个生命就是一团泥

参透的

扶上墙

当镜子

参不透的

也要给花花草草

一个落脚地

秘密

重新把窗换个方向

重新去爱一个人

已经不是什么秘密

但第一声鸟鸣

和第九次探出半个身子

是不能示人的

至于影子

生硬而浪费着光

有墙时扶着墙走

在走向不设防护栏的桥时

我也不会问它试图拖我下水的原因

月亮

天上的月亮

只有半个

另外半个

是不是

被我当作诗歌的口粮

遇见一个该爱的人

我与蜗牛、蚂蚁走在同一条路上

雨从梦里一直做到梦外

而我却把你
从梦外搬到梦里

时光

那时，我还很年轻
欢乐像下雨
我的每一个毛孔
都开满春天

现在，我已不再年轻
孤独像一根骨质疏松的骨头
被抽离身体不久后
便长满了蘑菇

而日子依旧像一群饥饿的羊
只要一打开栅栏
便像刚黑下来的天空
到处有星星在流浪

夜阑

（一）

夜躺下

唯有马和灯光

站着

（二）

夜这么黑

你还确定要表白吗

雪地里，有个名字终究要哭着离开

出门的人

以为春天在门外

进门的人

以为春天在屋里

那些成长的秘密

是凝固的，也是流动的

我一边爱着一边恨着

并且还替所有的人

爱着明亮，爱着黑暗

爱着雪地里被喊哭的名字

爱着所有的美好时光

当我不再是自己

当我不再是自己

我给他以温柔

给他以止痛片

给他以小舟

我的生命

是贴在玻璃上的脸

可我终于不再是自己

只有鸟在飞翔

我从诗里找到了情敌

我想借一些嫉妒

借一些爱

在雨后的河边

我朗诵着一首诗

有人愤怒地向我走来

向诗人诉说自己的不幸

我说我只想借一些嫉妒

再借一些爱

雪

梦里

下了一场大雪

我甚至不敢出门

只有隔着玻璃往外看

雪地如少女的肌肤

平滑清洁而又延绵起伏

但我知道

肯定有些东西在伺机而动

比如盛大的婚礼

想写一首很好的诗

日子像清晨懒洋洋的灯光

文字则像光滑的泥鳅

墙根底下的故事依然继续

依然有年轻的爱情

无处安放

薄如蝉翼的爱才是真的

蜻蜓啊

你是什么时候

洞穿了我

雾很薄

那用尽全力的爱

是不曾开放的入口

那风中的摇曳

是我放下的思绪

晨钟总会响起

我的翅膀

是能划破云层的

而光明

即使天空被遮蔽

也能重返